라임 앤 리즌 1호 | 디스토피아

1판 1쇄 인쇄 2024. 5. 8.
1판 1쇄 발행 2024. 5. 23.

지은이 예소연·정수종·약국

발행인 박강휘
편집 윤정기 디자인 윤석진 마케팅 윤준원 홍보 최정은
발행처 김영사
등록 1979년 5월 17일 (제406-2003-036호)
주소 경기도 파주시 문발로 197(문발동) 우편번호 10881
전화 마케팅부 031)955-3100, 편집부 031)955-3200 | 팩스 031)955-3111

값은 뒤표지에 있습니다.
ISBN 978-89-349-3382-3 03800

홈페이지 www.gimmyoung.com   블로그 blog.naver.com/gybook
인스타그램 instagram.com/gimmyoung   이메일 bestbook@gimmyoung.com

좋은 독자가 좋은 책을 만듭니다.
김영사는 독자 여러분의 의견에 항상 귀 기울이고 있습니다.

R

RHYME & REASON

① 라임 앤 리즌

디스토피아

예소연 · 정수종 · 안주

고유명사

Fiction

Nonfiction

Comics

Fiction

예
소
연

2021년 현대문학 6월호에 소설 <도블>을 발표하며 작품 활동을 시작했다. 지은 책으로 장편소설 《고양이와 사막의 자매들》이 있다. 2023년 문지문학상, 황금드래곤 문학상을 수상했다.

종

과

꿈

이동식 카메라를 통해 전방 500미터 반경의 외부를 순찰했다. 포랩종자은행 내 자체적으로 설치한 네트워크는 가용 범위가 얼마 되지 않는 까닭에 더 먼 곳은 가지 못했지만, 그것만으로도 나는 만족스러웠다. 역시 아무도 없군, 중얼거리며 거친 식감의 단백질 바를 질겅질겅 씹었다. 오랜만에 얼마 남지 않은 대체 커피도 물에 타서 마셨다. 예지의 몫으로 남겨둔 단백질 바를 한입 베어 물었다. 그제야 예지가 연구실 문을 열고 나왔다.

"미안. 아침부터 배양 환경을 구성하고 이것저것 조사해보느라 늦었어. 그래도 얼마나 생산적인 오전이었는지 몰라."

가운을 벗어 던진 예지는 테이블로 폴짝 뛰어 앉은 뒤 커피를 홀짝였다. 그리고 마이셀리움이라는 균사체가 어떻게 유기물과 결합하여 증식하는지, 식물과 어떤 방식으로 상호 작용하는지 신나게 떠들었다. 나는 고개를 천천히 저으며 말했다.

"그런 게 인제 와서 뭐가 중요해. 세상은 고작 개미 몇 마리로 망했다고."

첫 번째 원자력 발전소 폭발 시 사람들 사이에서 돌던 뜬소문이었다. 원자로에 유입된 개미들이 그 커다란 폭발을 일으킨 주범이었다는 것이다. 그러거나 말거나, 예지는 단백질 바는 먹을 생각도 하지 않고 자신이 오전에 진행한 연구에 대해 줄줄 읊었다. 뭐가 그렇게 즐거운 걸까. 예지의 들뜬 얼굴을 빤히 바라보며 생각에 잠겼다.

3년 전, 미국의 한 원자력 발전소 건설 업체의 원자로 설계 결함 때문에 세계 곳곳의 원자력 발전소가 폭발했고, 이는 몇몇 국소 지역의 심각한 대기오염을 일으켰다. 국제 대응 기구를 설립한 UN은 그 지역을 원천 봉쇄하기에 이르렀다(그때 당시 여전히 봉쇄 지역에 살고 있거나 미처 빠져나오지 못한 사람은 자그마치 7천만 명에 달했다고 한다). 하지만, 아무리 전문가들이라도 공기의 확산과 바람의 움직임까지는 통제할 수 없었다. 세계 곳곳에서 이상 현상을 호소하기까지는 얼마 걸리지 않았고 이러한 움직임은 저명한 석학의 소견보다도 훨씬 빠르게 진행되었다. 게다가 원인 불명의 바이러스가 퍼지기 시작하면서 체계는 속수무책 무너졌다. 와중에 바이러스의 영향권 아래에서 벗어난 곳은 종자은행 및 국가 보안 시설 몇 군데뿐이었다. 포랩종자은행은 몇 안 되는 시설 중 하나였고 근처의 해리 원자력 발전소가 파괴되면서 재빠르게 봉쇄된 시설이기도 했다.

하지만 조금 낙관적으로 생각하자면, 세계 어딘가에는 우리처럼 견고한 보안 기관 속에서 살아가는 사람이 있다는 것이었다. 나와 예지는 삶이 송두리째 사라진 그 날을 선명히 기억하고 있었다. 각종 과실에 포함되어 있는 소량의 청산가리를 채취하다가 야근하던 참이었다. 예지는 불쑥 노크도 하지 않고 들어왔다. 넥타이를 풀며 말하는 숨소리가 몹시 거칠었다.

"놀라지 마, 종은아. 이제 여기에는 우리뿐이야."

그 말을 듣고, 나는 그저 우리끼리 마지막 파티를 즐길 수 있다는 생각에 기쁘기만 했다. 예지가 말한 '우리'뿐이라는 말이 이 세계에 남겨진 게 '둘'뿐이라는 걸 의미한다곤 미처 생각하지 못했던 것이다.

"그럼 가자. 맥주 마시러."

"아니, 이 근방에 있는 해리 원자력 발전소 알지? 아까 완전히 폭발했대. 지금 우린 나갈 수 없어."

"아무 소리도 안 들렸는데?"

"너는 줄곧 실험실에 있었잖아. 폭발음도 못 들었어?"

예지가 도대체 무슨 말을 하는 것인지 이해할 수 없어 미간을 찌푸렸다. 눈에 보일 정도로 떨리는 예지의 손을 보고서도 상황을 받아들이기 힘들었다. 그게 무슨 말이야? 그리고 휴대폰을 통해 인터넷에 접속해보았지만, 접속되지 않았다. 최근 수신 목록의 가장 상단에 위치한 친구에게도 전화를 걸어보았는데 연결음이 들리지 않았다. 화면에는 통화 실패라는 네 글자만이 심상하게 뜰 뿐이었다.

뭔가 이상함을 감지한 뒤 바로 보안실로 들어가 CCTV를 확인했다. 수십 대의 CCTV 또한 가동되지 않았다. 가동되는 건 단 하나, 창문 하나 없는 기밀 시설로 설계된 종자은행 바깥 동향을 파악하기 위해 구비한 첨단 이동식 카메라였다. 이동식 카메라를 통해 본 세상은… 이상하리만치 차분했다. 나는 온통 붉은 세상에 온갖 먼지들이 휘날리는 광경을 넋 놓고 바라보았다. 더는 건물이라고 부를 만한 것은 보이지 않았다. 잔해만이 가득할 뿐이었다. 잠시 대형 스크린으로 재난 영화의 한 장면을 감상하고 있다는 착각에 빠졌다. 그러다 결국, 잠긴 목소리로 예지를 바라보며 물었다.

"우리 망한 거야?"

예지는 떨리는 손을 쥐어 잡으며 간신히 말했다.

"응, 망한 것 같아."

"그럼 어떡해?"

"여기서 살아야지."

"계속?"

"계속."

"가족은?"

예지는 더 이상 아무 말도 하지 않았다. 나는 다리에 힘이 풀려 자리에 주저앉았다. 그리고 기억해야 할 것들에 대해 필사적으로 떠올리기 시작했다. 지방에 있는 가족과 집에 두고 온 노트북, 통장, 서랍 구석에 몰래 넣어 둔 현금 따위를. 그 순간 예지가 중얼거렸다.

"그런데, 너무 이상해. 세상이 아주 명확해진 기분이 들어."

그때 나는 예지가 너무 놀란 나머지 이상한 소리를 한다고만 생각했다. 하지만 생각해보면 예지는, 세계의 멸망을 분명하게 인지하고 있었던 것 같다. 그런데도 오히려 마음이 편해 보였다. 예지의 입장에서 생각해봤을 때, 그런 모습이 일면 이해가 가는 부분도 있었다. 당시 그는 많이 지쳐 있었다. 정권이 여러 번 바뀌고 각종 질병이 창궐하면서 특히 예지 같은 바이러스 감염인은 대놓고 배척당했으니까. 심지어 그의 가족마저도 예지를 교묘하게 피했다. 그러니까, 예지를 배척하는 모두가 이세상에서 사라진 것이다. 예지의 창백한 얼굴을 빤히 바라보았다. 그는 여전히 기이한 균사체의 구조에 관해 설명하고 있었다.

"그게 그렇게 중요해?"

"이것만 잘 연구되면, 우리는 무한히 증식되는 식량을 얻을 수 있는 거야."

"버섯만 먹고 살자는 거군."

나는 불퉁한 표정으로 토스트를 한 입 베어 물었다. 예지는 웃음을 터트렸다. 예지가 나직이 중얼거렸다. 나는 그냥, 너와 오래도록 함께하고 싶은 거야. 우리에겐 서로가 전부잖아. 어쩐지 예지의 그 말이 몹시 외롭게 들렸다. 어쨌든 우리에게는 세계의 멸망이 또 다른 시작과도 같았다. 온전히 둘만 남겨진, 새로운 세계의 시작. 나와 예지는 순식간에 사라진 것들에 대해 두고두고 슬퍼했지만, 마냥 슬픔에 빠져 있지만은 않았다.

우리의 일상은 단출하지만, 활력이 있었다. 아침에는 간단히 단백질 바를 먹는 것으로 하루를 시작했다. 예지는 주로 연구실에서 하루의 많은 시간을 보냈는데, 주로 '균'과 씨름하는 것 같았다. 예지의 말에 따르면 마이셀리움은 네트워크 형태를 띠는 균류의 특별한 섬유구조로 주변 환경과 다양한 상호 작용하며 생태계에 기여한다고 했다. 어쨌든, 나는 예지가 나와 오래도록 함께하기 위해 무언가를 도모한다는 사실이 마음에 들었다.

세계가 멸망하고, 우리가 처음 한 일은 포랩종자은행에 빼곡히 보관된 종자의 목록과 수량을 파악한 뒤 심어

가꾸는 일이었다. 포랩종자은행에는 첨단 스마트 팜 시설이 구비되어 있었는데, 그곳에 식량이 될 만한 종자를 선별해 심은 뒤, 본격적인 식량 재배를 시작했다. 나는 식량 재배와 포랩종자은행의 치안을 전반적으로 담당했고 예지는 연구를 담당했다. 결국, 이 모든 것들이, 다 함께 오래 살기 위함인 것이다. 그런 생각을 하면 정말 세상이 멸망했다는 것이 믿기지 않을 정도였다. 나와 예지의 삶은 나름대로 명랑했으니까.

예지는 OV 바이러스 감염인이었다. OV 바이러스는 간단한 접촉을 통해 감염될 만큼 전염력이 강한 바이러스였지만, 심각한 질병을 일으키는 종류의 것은 아니었다. 환절기마다 가벼운 감기 증상을 일으키는 정도였다. 하지만 기저 질환이 있는 환자에 한해 지속적인 관리는 필요했는데, 그런 OV 바이러스 감염인은 한 달에 한 번씩 약을 투약했다. 지속적으로 약을 투약하면, 대개는 특정한 질환으로 발병되지 않았다.

다만, 아주 드물게 OV 바이러스로 인한 질병 중 하나인 ODAD에 걸리게 되면 꽤 심각한 증상을 겪게 되었다. 뇌하수체에 이상이 생기고 기억력이 급속도로 감퇴했으며 정신연령이 낮아지는 것이 보통의 증상이었다. 하지만 이조차도 벼락 맞을 확률에 가까웠다.

"균사체의 네트워크는 주변 환경과 다양하게 상호 작용해, 그건 내 몸에 있는 바이러스도 마찬가지이고. 바이러스는 아마 지금쯤 내 몸과 적극적으로 상호 작용하면서 기생하고 있을 거야. 신기하지 않니?"

나는 아무 말도 할 수 없었다. 그렇게나 균의 연구에 몰두한 것도 그 때문일까. 예지가 연구소장으로부터 해고 통보를 받은 것도 바이러스 감염 사실을 알게 됐을 무렵이었나. 연구소장은 근무 태도를 지적하며 권고사직을 종용했지만, 이 포랩종자은행에서 예지만큼 성실하게 일한 사람이 없다는 것은 누구나 다 아는 사실이었다. 그러니까, 문제는 다른 데 있었던 것이다. 나를 제외한 다른 직장 동료들은 드러나게 예지를 피해 다녔다.

결국, 세계가 멸망하게 된 날은 다름 아닌 예지의 마지막 근무 날이었다. 그날 예지는 늦게까지 문서를 정리하고 짐을 챙기고 있었고 나 또한 야근을 하고 있었다. 근무가 끝나면 함께 맥주 한잔을 마시기로 약속한 터였다. 그런데 세상이 멸망하다니. 그렇게나 고요하게. 그로써 그들은 이 종자은행이 얼마나 견고하게 지어졌는지 다시금 실감할 수 있었다.

나는 이따금 키우던 치와와를 생각하며 울곤 했다. 예지는 그런 나를 이해하지 못했다. 가족이라곤 데면데면한 부모와 툭하면 돈을 빌리던 이모밖에 없었다고 했다. 좋은아, 우리가 곧 가족이야. 예지는 단단한 사명감에 젖은 목소리로 그렇게 말하곤 했다. 나는 그런 예지가 조금 부담스럽게 느껴졌다. 예지는 자신이 꼭 새로운 형태의 가족을 꾸려야 한다고 믿는 것만 같았다. 가끔은 그 모습이 불안정한 투영처럼 느껴질 때도 있었다. 바깥

이 현실이라면, 이곳은 곧 꿈이야. 너와 나의 꿈. 예지가 그런 말을 할 때면 어쩐지 몽롱한 기분에 사로잡혔다.

백빽이 자란 바질 잎을 손톱 끝으로 톡톡 따서 빨간 바구니에 모았다. 식품 저장고에 남아있는 올리브유와 견과류를 잔뜩 넣고 갈아 바질페스토를 만들 셈이었다. 사실 연구소 직원 식당이며 탕비실에는 각종 식량으로 넘쳐났다. 나와 예지는 최대한 많은 음식물을 냉동실에 얼려두었고 덕분에 당분간 굶어 죽을 걱정은 하지 않아도 됐다. 하지만 그럼에도 예지는 여전히 식량 연구에 골몰하고 있는 것 같았다. 이건 우리를 위한 것만이 아니야. 내가 물었을 때 예지는 늘 이렇게 대답했다. 나는 그런 예지를 이해할 수 없었다. 여기에 둘 말고 또 누가 있단 말인가.

세상이 멸망하기 전에도 예지는 물론 그런 식이었다.

자꾸 저 멀리에 있는 누군가의 삶을 상상하고 그 삶에 뛰어들었다. 격무에 시달리며 터무니없는 월급을 받는 조리사들의 파업에 함께했고 청소 노동자 정규직 전환을 위한 탄원서에 제일 먼저 서명을 한 이도 예지였다. 그래서 그런지 늘 예지의 곁에는 사람이 많았다. 바이러스 감염인이라는 것이 밝혀지기 전까지는. 권고사직을 당한 뒤 며칠 동안, 예지는 내가 있을 때를 제외하고는 늘 혼자였다. 지나가며 수고했단 말을 해주는 동료들도 있었지만, 그 이상으로 가까이 지내려고 하지 않았다.

그렇다고 예지의 모든 행동이 이해가 되는 건 아니었다. 저렇게 온종일 연구실에 틀어박혀서, 알 수 없는 것을 연구한다니. 그런 생각을 하면서 비스킷에 바질페스토를 정성껏 바른 후 접시에 예쁘게 담았다. 그리고 예지의 연구실 앞에 서서 잠시 망설이다가 노크했다. 하지만 아무런 기척도 들리지 않았다. 절대로 연구실에 들어오지 말라던 예지의 말을 떠올렸다. 각종 화학 약품이 진열되어 있어 위험하다던 예지의 말에는 어떤 수상한 낌새도 느껴지지 않았다. 조심하면 되겠지. 그러면서 살짝 문을 열고 연구실 안으로 들어갔다.

예지는 엎드린 채로 곤히 잠들어 있었다. 나는 그런 예지의 머리칼을 조심스럽게 쓸어 넘겨주었다. 그러다 책상 앞에 설치된 작은 급속 냉각 컨테이너가 열려 있는 것을 발견했다. 나와 예지 모두, 전기는 최대한 아껴 쓰기 위해 노력하고 있었다. 그렇기 때문에 포랩종자은행에 따로 비치되어 있는 대형 냉동 창고가 아닌 전기가 필요한 시설은 사용하고 있지 않았다.

예지가 남몰래 급속 냉각 컨테이너를 가동하고 있었다니. 왜? 나는 언뜻 번지는 불안감을 잠재우기 위해 노력했다. 작은 일 하나에도 커다란 파장과 불행을 예상하고야 마는 삶은 그 자체로 불행했다. 나는 그런 내 성격을 달가워하지 않았다. 아마 이런 성격은 엄마를 닮은 거겠지. 나는 엄마의 주름진 손가락부터 처진 눈매까지 전부 닮아버린 존재니까.

이따금 이런 식으로 생사도 확인할 수 없는 부모를 떠올려보곤 했다. 나에게 대체로 살갑기만 했던 존재에 대해서. 기억 속 그들은 항상 따뜻했고 친절했다. 그래서 점점 그들에 대한 기억이 사라져갈 때마다 문득 죄스러움을 느꼈다. 나는 오염된 공기로 가득 찬 바깥 세계를 그저 바라볼 수밖에 없는 사람이었기 때문에.

그런 생각을 하며 급속 냉각 컨테이너 가까이 다가갔다. 조심스레 문을 열었을 때, 그곳에는 단단히 밀폐된 플라스틱 앰풀이 가지런히 담겨 있었고 나는 그것이 무엇인지 단번에 알아챘다. 모를 리가 없었다. 과거 그것을 위해 삶의 아주 많은 부분을 포기해야 했고 고통을 감수해야 했으니까. 그런데, 예지는 도대체 무슨 생각으로….

그것은 개체군에 따라 라벨링된 냉동 정자였다. 예지는 내가 임신을 하기 위해 어떤 노력을 해왔는지 충분히 알고 있었다. 그래서 이 상황이 더 이해가 가지 않았다. 컨테이너를 조용히 닫았다. 그리고 예지 앞에 다가갔다. 곤히 잠든 예지의 감은 눈이 파르르 떨렸다. 과연 어떤 꿈을 꾸고 있는 걸까.

전남편과 헤어진 뒤, 단 한 번도 남편의 존재를 그리워한 적이 없었다. 그는 퍽 괜찮은 사람이었다. 건실했으며 친절했고 세계 저편의 전쟁과 불화까지도 감응하려 노력하는 사람이었다. 그러나 그 점이 나를 오히려 지치게 만들기도 했다. 지나치게 대의에 골몰한 탓에, 언제나 가정생활은 뒷전으로 밀려나기 일쑤였다. 내가 얼마나 아이를 갖고 싶어 하는지 알면서도, 그는 최소한의 노력도 하려고 들지 않았다. 그는 나와 오랜만에 교외로 나와 따뜻한 페퍼민트를 마시는 자리에서 이렇게 이야기했다.

"나는 종은을 사랑하게 되었고 그건 어쩔 수 없는 일이었다고 생각해. 하지만 앞으로 어쩔 수 없는 일이 일어나는 건 최대한 피하고 싶어. 그건… 충분히 피할 수 있는 장애물과 일부러 충돌하는 일과도 같은 거니까."

그는 따가운 햇볕을 등진 채 그렇게 말했다. 그런 말을 하는 그의 얼굴을 자세히 보기 위해 손차양을 만든 뒤 눈을 찌푸렸다. 그의 말은 몹시 실망스러웠다. 어쩔 수 없는 일을 감내하려고 하지 않는 태도와 세계를 감응하려는 그의 태도에는 모순이 있다고 생각했으니까. 충돌은 말마따나 어디에서든 일어나는 것인데. 그것으로 말미암아 사방이 고통으로 가득하며 또한 사랑으로 가득한 것인데. 그즈음 나는 스스로가 간신히 절벽 끝에 매달린 존재라는 걸 깨달아버렸다. 그의 말에 열렬히 대응할 힘조차 없었고 대신 마음은 그대로 굳어버렸다.

비스킷을 우물거리며 연구실에서 나오는 예지를 가만히 바라보았다. 예지는 바질페스토에서 신선한 맛이

난다며 호들갑을 떨어댔다. 나는 그런 예지의 얼굴에 따가운 햇볕이 슬그머니 드리워지는 상상을 했다.

"웬 컨테이너가 가동 중이던데."

그렇게 말하자 예지가 손등으로 입가의 비스킷을 털어내다 말고 조금 웃었다.

"주스가 있다면 참 좋을 텐데."

"뭐?"

"지금 목이 좀 막히거든."

"말문이 막힌 거겠지."

"아니야, 종은아."

"아닌 게 아니야, 예지야. 넌 말문이 막혔어."

"왜 자꾸 우겨."

"너는 항상 그렇게 딴소리를 하잖아. 나는 그게 일종의 방어기제라고 생각해."

"웃겨."

"네 이모가 늘 했다던 거짓말처럼 말이야."

"못됐다, 진짜."

"그래, 나 못됐어. 그리고 나와 한마디 상의도 없이 그런 식으로 행동하는 너도 못됐고. 그러니까 알려줘. 도대체 무슨 생각인지."

"종은아, 나는 우리가 아이를 가져야 한다고 생각해."

이따금 예지가 늘 내뱉는 '우리'라는 단어가 종종 지독히도 가혹하게 느껴졌다. 전남편이 떠올랐기 때문이다. 예지가 무슨 생각을 하는지 빤히 보여서, 그래서 더 난감했다. 나는 예지가 어떤 대답을 할지 알면서도 부러 예지에게 물어보았다. 왜? 그럼으로써 예지 스스로 자신이 생각하는 것이 얼마나 터무니없는지 알기를 바랐다. 하지만 전혀 모르겠지. 그것 또한 알고 있었다.

"책임을 져야 해."

"무슨 책임?"

"미래에 대한 책임 말이야."

"나 너무 황당해."

그러자 예지가 알고 있다는 듯 고개를 끄덕거렸다. 하지만 이내 꿋꿋이 자신의 논리를 개진하기 시작했다.

"좋은아. 나는 우리가 전부일지도 모르는 이 세계에서, 마지막 인류가 되는 상상을 끊임없이 해. 어느 날에는 꿈에도 나와. 우리 중 누군가가 먼저 죽게 되고, 다른 누군가는 그 누군가의 손을 붙잡고 애원해. 조금이라도, 나와 말동무를 더 해달라고 말이야. 절대로 혼자가 되고 싶진 않다고. 누가 누군지는 알 수 없어. 꿈속에서 우리는 뒤섞인 채로 존재하거든. 너는 나로, 나는 너로 엉망진창으로 섞여버린 존재들. 그렇게 꿈에서 깨어나면 늘 다짐해. 우리는 미래를 책임져야 한다고."

"너 지금 꼭 최후의 인간이라도 된 듯이 말하고 있어."

"맞잖아."

"그거 되게 불필요한 사명감이야. 누구도 너에게 원하지 않는다고. 그리고 네가 남보다도 못했던 네 가족 관계를 돌이켜보며 느꼈던 상실감을 그런 식으로 해소하려 한다고는 생각해보지 않았니?"

나는 화를 내며 쏘아붙이다가 문득 너무 심한 말을 하고 있다는 생각이 들어 말꼬리를 흐렸다. 그러나 예지는 오히려 아무렇지도 않은 얼굴로 내 말을 받아쳤다.

"그러면 안 돼? 지금 우리가 당장 미쳐버려도 이상하지 않은 상황인데. 그리고 나는 최대한 나의 방식대로 세계를 잃은 상실감을 해소하고 있는 거야. 무의식중에는 분명 가족에 대한 상실감도 존재하겠지. 그런 측면에서는 네 말이 맞는다고도 생각해. 하지만 네가 그런 식으로 말한다고 해서 내 생각이 바뀌지는 않을 거야."

"아이를 가지는 것 말이지?"

"응."

"그래서. 내가 어떤 대답을 할 거로 생각해?"

그러자 예지가 잠깐 고민하는 듯하다가 대답했다.

"당연히 나와 함께한다고 말할 거로 생각해."

"왜? 내가 아이를 원했으니까?"

그러자 예지가 고개를 저었다.

"아니, 너는 시시때때로 너를 좌절하게 만들었던, 그 수많은 타인의 삶을 몹시도 그리워하고 있으니까. 나처럼 말이야."

동물병원 의사는 와와의 한쪽 겨드랑이에 악성 종양이 생겼다고 했다. 아주 오래전부터 자주 어루만지곤 했던 그 혹이었다. 병원을 옮기고 나서야 그것이 악성 종양이라는 진단을 받을 수 있었다. 그저 작은 지방종으로만 알았던 그것이 그 작은 와와의 수명을 갉아먹고 있었던 것이다. 암세포는 무한히 증식한다. 그래서 무서운 것이다. 그것을 알고 있기에 예지가 말하는 마이셀리움이라는 게 징그럽게 느껴지기도 했다. 무한히 증식하는 세포를 먹으며 연명하는 것이 정말 삶의 최선인 것일까? 그렇게까지 살아야 할까? 그런 생각이 들어서. 하지만 예지는 연명하는 삶의 태도를 넘어 더 많은 것을 내게 요구하고 있었다. 나는 그런 예지가 가혹하다고 생각했다.

"나는 너와 달라. 순진한 말로 들리겠지만, 대의에 그렇게까지 큰 관심도 없고, 내가 아닌 사람들에 대한 애정도 없어."

"그건 네가 널 몰라서 하는 말이고."

예지가 짐짓 단호하게 말했다. 나는 원래 그런 식으로 예지가 모든 걸 단정 짓는 말투를 은근히 좋아했다. 세상이 군더더기 없이 깔끔해지는 느낌이 들었기 때문이었다. 하지만 오늘은 아니었다. 네가 뭘 안다고.

"너도 알다시피, 나는 거의 자궁을 들어낼 뻔했어. 그래서 더 아이를 갖고 싶다고 생각했을지도 몰라. 나름대로 조급했던 거고. 지금은 그게 정말 내가 원했던 건지도 가물가물해."

"그게 네가 원한 게 아니면 도대체 뭔데?"

"그냥, 남들하고 비슷하게 살고 싶었을 수도 있지."

"인류는 세계를 바이러스처럼 침투해서 망가뜨려 놓았어. 완전히 말이야. 하지만 너와 나는, 좀 더 다른 양상의 번식을 할 수 있을 거로 생각해."

"또 그 얘기야? 그리고 번식이라는 말 좀 쓰지 마. 징그러우니까."

"고양이야."

"뭐?"

"저기 고양이가 있어."

예지가 벌떡 일어나서 모니터를 쳐다보았다. 나는 얼른 키보드를 조작해 이동식 카메라를 앞으로 전진시켰다. 그러자 흙먼지 사이로 정말 고양이 한 마리가 보였다. 왼쪽 뒷다리를 절룩거리는 고양이. 이 고양이는 어떻게 살아남은 걸까. 우리는 전혀 싸운 적이 없는 사람처럼 서로를 마주 보며 희미하게 웃었다. 정확히 어떤 상황인지는 모르겠지만, 어쩐지 세계에 대한 희망적인 사인처럼 느껴져서. 예지는 늘 콧잔등을 찡그리며 웃었다. 나는 그 웃음을 좋아했다. 찡그린 콧잔등을 바라보면 속수무책으로 모든 방어기제가 해제되는 기분이었다. 그 콧잔등을 바라보며 작은 와와의 콧잔등을 생각하곤 했다.

와와가 죽고 나서 임신 및 출산에 대해 고민하게 된 건 사실이었다. 사랑하는 존재가 사라지는 절망감이 오히려 어떤 한 축의 희망을 떠올리게끔 한 것이다. 정말이지, 무책임한 생각일지도 몰랐다. 전남편은 그런 내 사고방식을 마음에 들어 하지 않았다. 그는 아이를 정중히 타이르는 어른처럼 부드럽게 말했다.

"아이를 낳고 기르는 일에는 많은 일이 수반되는 거야. 특히 우리 같이 여력 없는 사람들에겐 말이야."

하지만, 그렇다고 하더라도 백 퍼센트 책임질 수 있는 사람만이 아이를 낳을 수 있는 건 아니지 않나. 책임을 질 수 있는 사람이라 함은 곧 사회에서 인정받은 사람일

테고, 그런 사람만 묵직한 책임감을 가지고 아이를 기를 수 있다는 사고방식은…. 그거야말로 아이를 위한 게 아니지 않나.

물론 그것은 단순한 합리화로 인해 발현된 생각일 수도 있었다. 그렇지만, 정말 인간이 바이러스와 같이 침략하고 침투하고 증식하는 존재라면, 나는 그저 마땅한 욕구를 지니고 있었다고 할 수 있지 않을까. 인간은 늘 아득한 절망 속에서 어떻게든 희망을 찾고자 하니까. 예견된 불행을 복기하며 다가올 기미조차 없는 행운을 막연히 기대하는 것과 같은 이치가 아닐까. 그렇다면 와와의 죽음으로 말미암아, 새로운 애착 관계를 형성할 대상을 찾는 것이 그렇게 옳지 못한 일일까?

나는 그제야 전남편과 예지에게 느꼈던 거리감의 실체를 알 것만 같았다. 그들은 직관적으로 옳고 그름을 명민하게 알아차렸다. 하지만 내가 보기에 그들이 내세우는 옳고 그름에 대한 경계는 지나치게 뚜렷한 나머지,

오히려 많은 상황들을 배제시켰다. 세상에는 이런 일도 저런 일도, 이런 사람도 저런 사람도 있기 마련인데. 어쩐지 그런 태도는 결코 모두를 위한 것이 아니라는 생각이 들었다.

그들이 일관되게 내세우는 그 정돈된 사랑의 실체는 내가 생각하는 사랑의 모습과 몹시 달랐다. 나는 그 사랑의 실체라는 것이 어쩐지 내내 불편하게 느껴졌다. 그때는 단순히 전남편과 말이 통하지 않는다고만 생각했고 싸움이 반복될수록 그 관계를 손쉽게 포기해버리는 지경에 이르렀다. 하지만 지금은 그럴 수 없었다. 적어도 이 거대한 종자은행에서 지금 나에게 남은 이는 예지가 전부니까.

나는 문득 생사도 확인할 수 없는 나의 부모를 떠올리고야 말았다. 왜 내가 부모를 항상 따뜻하고 친절한 사람으로 기억하는지 깨달았기 때문이다. 부모는 종종 어린 나의 손바닥을 때리기도 했고 이유 없이 못되게 굴기도 했다. 하지만 나는 그것마저 사랑의 일종으로 받아들이지 않으면 살아갈 수 없었다. 그 시절 나에게는 부모가 세계의 전부였으니까.

아마 내가 나고 자랐던 시대의 아이들 대부분이 그러할 것이다. 그리고 그렇게 어른이 된 아이들은 일관된 태도로 사랑을 베푸는 이들이 존재한다고, 생각이나 할 수 있을까? 만약 있다면, 그것 또한 또 다른 양상의 기만에 불과한 게 아닐까. 나는 그런 사람이 정말로 존재한다는 것을 믿고 싶지 않았다. 왜냐하면, 나는 결코 그런 존재가 아니니까.

정작 이렇게 살아온 우리가 어떻게 어떤 사람은 아이를 가질 자격이 없고, 어떤 사람은 아이를 가질 자격이 있다는 걸 명백하게 판단할 수 있겠는가. 나는 절뚝거리는 고양이를 보며 미약한 슬픔에 잠겼다.

나는 우선 이동식 카메라를 움직여 고양이의 관심을
끌었다. 고양이는 금세 작은 이동식 카메라에 관심을 보
이고 다가왔다. 작은 앞발로 카메라를 툭툭 치던 고양이
는 앉은 채 가만히 렌즈를 들여다보았다. 꼭 우리를 쳐
다보는 것처럼. 나는 벽에 걸려 있던 방역복을 들어 예
지에게 보여주었다. 예지가 천천히 고개를 끄덕였다. 마
땅히 자신이 다녀와야 한다는 듯. 그런 예지에게 나는
짐짓 단호한 목소리로 말했다.

"다녀올게."

"네가?"

"응 내가."

"너무 위험해."

"그건 너도 마찬가지야."

"…귀여워."

"뭐?"

"쟤 봐."

고양이가 카메라의 렌즈를 핥기 시작했다. 어쩐지 골골거리고 있을 것 같다는 확신이 들었다. 고양이 또한 저 말고 움직이는 존재를 오랜만에 본 걸 수도 있었다. 잠깐 고양이에게 한눈을 팔다가 정신을 차린 예지는 다시 나를 바라보며 말했다.

"내가 가야 해."

"왜?"

"혹시라도 무슨 일이 생기면…"

"생기면?"

"내가 아니라 네가 아이를 낳아야 해."

"왜?"

"그게 마땅하니까."

"네가 바이러스 보균자라서?"

예지가 잠시 침묵했다. 나는 그런 예지에게 황당한 마음마저 들었다. 결국, 더 나은 미래의 후손들에게 더 나은 종자를 주기 위해 자신을 희생하겠다는 태도가, 너무 빤하게 느껴졌기 때문이었다. 자신이 바로 그 부당한 차별을 몸소 느끼고 살아온 사람이면서도, 고작 아주 희박한 확률로 질병이 될 바이러스를 걱정한다는 것 자체가 예지답지 못하다고 느껴졌다. 그때 예지가 말했다.

"나는 우리가 어떤 명명백백한 의무를 지니고 있다고는 절대 생각하지 않아. 다만…"

"다만?"

"삶이 필요하다고 느낄 뿐이야. 우리가 아닌 다른 삶 말이야. 나는 우리를 포함한 다른 세계가 존재해야 한다고 믿어. 그리고 그 믿음으로부터 삶의 기반이 다져진다고 생각해."

"근데 아프잖아."

"뭐?"

"그 끔찍한 고통을 왜 내가 감내해야 하는 거야? 원하는 건 넌데? 심지어 지금 우리한테 있는 마취제는 벤조

디아제핀 뿐이야. 그마저도 얼마 안 남았어. 어쨌든 엄청나게 아플 거라고."

　내 말에 예지가 웃음을 터트렸다.

　"넌 정말… 맞아. 사실 바이러스 때문인 것도 있어. OV 바이러스 감염자의 자식은 바이러스에 감염될 확률이 구십구 퍼센트에 가까우니까."

　"그게 그렇게 큰 문제라고 생각해?"

　"큰 문제가 아니더라도, 문제를 일으킬 확률을 줄이는 게 낫지."

　"하지만 세상에 문제가 없었던 적이 있기나 했어?"

　"적어도 나는 똑같은 문제를 물려주고 내 탓을 하게 만들고 싶지는 않아."

　예지의 목소리가 갈라졌다. 나는 예지에게 미지근한 물을 떠다 주었다. 신선한 오렌지 주스를 마시고 싶어. 예지가 다시 한 번 투정을 부렸다. 하긴, 주스를 마신 지 너무도 오래되었다. 하지만 아무래도 그런 건 상관없었다. 예지도 괜히 그런 거겠지. 오히려 달고 미지근한 물의 맛을 알게 되었으니까.

나는 잠시 생각하다가 문득 예지가 내내 바이러스에 대해서만 천착하고 있을 거로 생각했던 자신이 부끄러워졌다. 그는 정말로, 우리를 넘어선 모든 이의 삶을 위해 매일같이 늘 무언가를 고민하고 진행하고 있었다. 그러다 나는 또 전남편의 회의적인 얼굴을 떠올리고야 말았다. 그 모습이 지금의 내 모습과 무척 닮아있을 것 같다는 생각이 들었기 때문이었다. 결국, 나는 잠시 생각하다가, 예지에게 방역복을 건네주었다.

"꼭 돌아와."

"응, 그럴게."

"너를 순순히 보내준다고 해서, 네 의견에 마냥 동의한다는 건 아니라는 걸 알아줘."

예지는 고개를 끄덕거리고 천천히 방역복을 입었다.

예지가 종자은행 바깥으로 나간 후 초조한 마음으로 카메라를 바라보았다. 바깥으로 나간 김에 대기오염 농도 또한 측정하기로 되어 있었다. 한참 카메라에 잡히지 않던 예지는 갑작스럽게 카메라에 얼굴을 들이민 뒤 손으로 브이를 만들었다. 나는 집중해서 예지의 행동을 관찰했다. 두꺼운 방역복을 입고 있기는 했지만, 몸을 움직이는 데 큰 문제는 없어 보였다. 측정기를 통해 대기오염 농도를 측정한 예지는 카메라를 향해 측정기를 보여주었다. 예상대로 심각한 수치였다. 생물이 살아가기는 힘든 환경이었다.

이윽고 예지는 통조림을 들고 고양이에게 다가갔는데, 그 모습이 몹시 신중해 보였다. 고양이는 허겁지겁 통조림에 담긴 참치를 열심히 먹었다. 그러다 문득 뒤를 돌아보았고 재빨리 앞으로 튀어 나갔다. 예지는 고양이를 따라갔고 결국, 둘 다 카메라 앵글 밖으로 사라지고 말았다. 나는 예지가 다시 돌아오길 기다리며 눈을 감고 기도했다. 누구에게? 나는 신이라는 것을 믿지 않았다. 하지만, 혼자서는 아무것도 할 수 없었다. 나에게는 예지가 필요했다. 그간 예지와 함께했던 하루하루가 꿈결처럼 지나갔다.

마이셀리움에 대해 지겹도록 설명하던 예지, 균과 바이러스의 차이에 관해 이야기하던 예지, 탄 맛만 나는 대체 커피를 잘도 마시던 예지, 이곳이 다름 아닌 너와 나의 꿈이라던 예지….

"예지야, 나는 너를 이해해."

소리 내어 중얼거렸다. 물론 밖으로 나간 예지는 대답하지 않았다. 우리는 우스운 생각을 많이 하지만, 그렇다고 절대로 우스운 존재가 아니야. 또다시 중얼거렸지만, 예지는 여전히 앵글 밖으로 사라진 상태였다. 다시 눈을 감았다가 떴는데, 이번에는 고양이가 카메라에 얼굴을 들이밀고 있었다. 나는 너무 놀라 우왓, 하고 의자

등받이에 몸을 밀착시켰다. 그러자 이내 콧잔등을 찡그린 채 웃는 예지의 얼굴이 나타났다. 예지는 두 손으로 고양이를 안아 들고 있었다. 나는 너무 기쁘고 놀라서 소리 내어 웃었다.

예지는 고양이를 안은 채 무사히 포랩종자은행에 도착했다. 잠시 숨을 고르던 예지는 조심스럽게 고양이를 바닥에 내려놓았다. 그러자 고양이가 우다다 구석으로 도망가더니 꼬리를 바짝 세운 채 나와 예지를 경계했다. 그 모습이 꼭 건강함을 증명하는 것 같아 오히려 기쁜 마음이 들었다.

"정확한 건 검사를 해봐야겠지만, 상태는 좋아 보여."

내가 말했다. 그러자 예지가 또 예쁘게 웃어 보였다. 나는 그 모습을 보고 망설이다가 운을 뗐다.

"그리고… 나 해볼게."

"뭐를?"

"아이를 가지는 것 말이야."

"정말?"

"대신."

"대신?"

"함께 아이를 가져야 해. 만약 우리가 인류를 꾸려낸 다면, OV 바이러스는 보편적인 질병이 되겠지."

"그렇지만…"

"인류를 다시 만들겠다는 애가, 왜 그렇게 겁에 질려 있어?"

"고마워."

"시간을 두고 차례로 아이를 가지자. 네가 나를 돌보고, 내가 너를 돌볼 수 있도록 말이야. 하지만 알아둬야 해. 우리가 선택한 길은 굉장히 위험할 거야."

"알았어."

"사달이 날지도 몰라."

"무슨 사달?"

"몰라. 하지만 일어날 사달은 일어날 거야."

"그렇겠지. 하지만, 그런 사달 따위는 별 문제가 되지 않을 기야. 내가 장담해."

예지는 당차게 말했다. 나는 마음 깊숙한 곳에서부터 발현되었을 예지의 무의식적인 낙관에 피식 웃음을 흘렸다. 그러자 예지는 내가 좋아서 그런 줄로만 알고 헤헤 웃었다. 그 웃음을 보며 확신했다. 나는 무조건 예지를 닮은 아이를 낳게 될 거라고. 예지의 유전자 없이 예지를 꼭 빼닮은 아이를 낳아 예지에게 스스로 실현하려 했던 모든 것이 그저 꿈에 불과한 게 아니었다는 걸 증명하게 될 거라고. 그러다 문득 궁금한 게 생겼다.

"그런데 말이야. 여태 마이셀리움에 대해 연구한다던 거, 거짓말이었어?"

"절반만 거짓말이었어."

"절반만?"

"마이셀리움을 가지고 무한히 증식하는 식량을 만들고 싶다고 한 건 거짓말이었어. 하지만 마이셀리움이 환경과 능동적으로 상호작용하는 주체라는 점에 있어서 인간 사회의 네트워크와 공통된 지점을 찾고 있었던 건 맞아."

"그걸 찾아서 뭐하게?"

"그게 바로 인류의 멸망이 불가피한 결말이었다는 방증과도 같거든."

"그걸 증명하면 뭐가 달라지긴 해?"

"우리가 전환된 인류를 만들어나갈 수 있는 거지."

"이거 하나만 알아둬. 네가 바이러스 감염자라는 이유로 재생산을 꺼리는 것도, 이전 인류의 불행을 답습하는 것과 같다는 걸."

"과연 그럴까? 나는 인류가 불행해지는 확률을 최대한 줄이고 싶은 것뿐인데."

"불행해질지 말지는 그들이 결정할 거야."

"그게 무슨 말이야?"

"그건 그들의 선택이고, 우리는 나름의 몫을 하면 되

는 거라고. 벌써 넌 애가 잘못될까 전전긍긍하는 어른처럼 굴고 있어. 이전과 별다를 것 없는 시시껄렁한 어른 말이야."

그러자 예지가 작게 웃었다. 나는 예지와 미래를 도모해나가는 이 과정이 문득 즐겁게 느껴졌다.

———

"이모에 관해 이야기 더 해줘."

"지금?"

"응, 지금."

"이모랑 파주에 간 적이 있었어. 우리는 좋은 공기를 마시면서 커피를 마시기로 했지. 그런데 이모가 마카롱이 너무 먹고 싶다는 거야. 그래서 내가 휴대폰으로 맛있는 마카롱 가게를 찾았어. 안 그래도 내가 사려던 참이었지. 그런데 마카롱이 하나에 6천 원이나 하는 거야. 이모는 마카롱을 다섯 개나 고르고는 8천 원짜리 커피

도 주문했어. 그래놓고선 지갑을 차에 놓고 왔다고 하는
거야."

"운전도 네가 했는데."

"그러니까. 운전도 내가 했는데."

"그래서 어떻게 했다고?"

"안 그래도 사려던 참이었어요, 하고 말하려고 했는
데, 그간 내가 이모에게 빌려줬던 돈의 액수가 막 머릿
속에 떠오르더라고. 그래서 그랬지."

"아이구, 저도 놓고 왔네요. 진짜 백 번 들었다."

"근데 왜 맨날 물어봐? 어쨌든 맞아."

"진짜. 재수 없어."

"이모가?"

"아니 둘 다. 그게 뭐야."

그러니까, 그런 시절도 있었다는 거야. 지금은 조금
이모가 그립기도 해. 예지가 웃으며 말했다. 그리고 금
세 구석에서 눈을 감은 채 꾸벅꾸벅 조는 고양이를 바라

보았다. 나는 천천히 고양이를 들어 상태를 살폈다. 고양이는 놀라서 이빨을 드러내며 팔을 허우적거렸지만, 나는 아랑곳하지 않고 단단히 엉덩이를 받친 채 안아들었고 예지가 두 다리를 꼭 잡아주었다. 고양이는 전반적으로 상태가 괜찮았다. 이빨에 치석이 많이 낀 것 빼고는. 그런데 고양이의 젖이 조금 부풀어 있었다. 나는 얼른 고양이의 복부를 조심스럽게 만져 보았다.

"새끼를 가졌어."

"그게 말이 돼?"

"그러니까."

예지도 손을 가져다가 고양이의 배에 대어 보았다. 어때? 내가 묻자 예지가 대답했다. 고요해. 정말, 정말로 포랩종지은행은 고요했다. 고양이의 배 속도 마찬가지였다. 나와 예지가 말을 나누지 않으면 아무것도 존재하지 않는 줄로만 알 것이었다. 하지만 이곳에는 만 개가 넘는 씨앗이 있고, 그것은 언제든 움틀 준비를 하고 있었다. 바깥 어딘가에서 분명 생명이 움트는 곳이 있다. 우리는 새끼를 밴 고양이를 통해 모종의 확신을 가질 수 있었다. 나와 예지를 제외하고 살아 있는 존재가 있다는 것만으로도 충분히 기뻐할 만한 일이었다.

"그런데, 배 속의 새끼들은 무사할까?"

"그러게."

나는 조심스럽게 손을 다시 고양이의 배에 갖다 대었다.

"확실히 종자은행 바깥은 생물이 살 수 없는 환경이긴 해."

"죽었으면 어쩌지?"

"잠깐. 방금 꿈틀했어."

"꿈틀?"

"응, 꿈틀."

나는 속으로 꿈틀, 꿈틀, 하고 되뇌어 보았다. 작지만 생명력이 넘치는 표현이었다. 그리고 문득 서랍 깊숙이

넣어뒀던 무언가를 기억해냈다. 예지에게도 말하지 않은, 나만의 은밀한 비밀 중 하니였다. 나는 서랍 깊숙이에 청산가리를 보관하고 있었다. 과실에서 채취한 소량의 청산가리를 모아둔 것이었다. 그러니까 우리 둘 다, 뭐가 됐든 어떠한 미래를 준비하고 있었다는 것만큼은 자명한 사실이었다. 생동한 삶과 죽음 사이에서. 하지만 삶과 죽음을 사이에 두고도 예기치 못한 일들은 언제나 벌어지겠지. 새끼 가진 고양이를 이곳으로 데려오게 된 것처럼.

"내가 상상해봤는데."

"응."

"원자로를 설계하던 그 회사 근처에 커다란 개미집이 있었을 거야."

"그랬을까?"

"그들은 여왕개미에게 가져다줄 먹이를 찾기 위해 끊임없이 움직였을 거고 결국, 도달한 곳이 그 원자로들이었던 거지."

"너무 이상해. 그렇게 애써서 도달함으로 모든 게 파멸에 이르렀다니."

"하지만, 이건 농담일 뿐이니까."

"맞아, 하지만 의미 있는 농담이야."

"못된 농담이기도 하고."

나는 예지의 말간 얼굴을 빤히 바라보았다. 아무것도 하지 않아도 일은 벌어진다. 그건 우리의 잘못이 아니지만, 결코 우리의 일이 아니라고는 말할 수 없다.

"작은 결함도 결국 사건인데. 우린 너무 손쉽게 그 아주 작은 사건들을 무시하곤 했잖아."

예지가 나의 말을 가만가만 듣다가 고개를 끄덕였다. 그리고 콧잔등을 찡그리며 웃었다. 어쨌든 나와 예지는 끊임없이 이야기를 나눌 것이다. 그들이 만들 미래를 위해(그것이 삶을 지속시키는 것이든 중단시키는 것이든 간에), 그리고 넘치는 절망 속 단 한 줄기의 기쁨을 위해. 그것

만큼은 분명했다. 우리는 절망스러운 현실을 만드는 데
일조한 일개의 인간일 뿐이지만, 누구도 그런 그들의 사
소한 행복과 남겨진 무수한 선택에 대해서만큼은 나무
랄 권리를 가지지 못했다.

그 후 몇 달의 시간 동안 고양이를 돌보고 친해지는
데 온 힘을 쏟았다. 고양이는 처음 일주일간 보안실 구
석에 숨어 좀처럼 나오질 않았는데, 목재 선반을 헐어
고양이가 좋아할 만한 캣폴을 만들어 주었더니 슬금슬
금 올라가기 시작했다. 배는 점점 묵직하게 부풀어 올랐
고 그만큼 밥도 잘 먹었다. 다만 좀처럼 물을 섭취하지
잃았는데, 에지가 기름과 염분을 쪽 뺀 캔 참치를 갈아
물에 타주었더니 그건 또 잘 먹었다.

나는 어떻게 하면 고양이가 순산할 수 있을지, 푸석한
털에 윤기가 돌 수 있을지 틈만 나면 고민했다. 다만, 꽤

오랜 시간이 흐를 동안 이름을 지어주지 않았는데, 그런 데에는 나름의 이유가 있었다.

"이름을 지어주면 돌이킬 수 없어지잖아."

그러자 예지가 한동안 눈썹을 찌푸리고 아무 말도 하지 않았다.

"너는 이미 돌이킬 수 없는 일을 저질렀어."

"뭘?"

"이 고양이를 방치하지 않고 데려왔잖아."

"그건…."

"사람은 모두 돌이킬 수 없는 일만 해. 돌이킬 수 있는 건 세상에 없어."

나는 예지가 돌이킬 수 없는 과거를 반추하고 있다는 것을 알았다. 예지는 늘 그랬으니까. 과거를 통해 현재를 감각하고 미래를 실현하는 식. 나와는 분명 달랐다. 나는 과거를 통해 현재를 절망하고 미래를 포기했다. 뭐가 더 좋다고는 할 수 없었다. 나는 다만, 우리 둘이 살아남은 게 다행스럽다고 생각했을 뿐이다.

"뫄뫄라고 하사."

"뫄뫄? 발음이 너무 어려운데."

"그래도."

"그래. 이건 내가 양보할게."

우리는 캣폴 위에 앉아 있는 뫄뫄의 고요한 눈동자를 오래도록 바라보았다. 나는 문득 작은 조명등만 켠 이곳에서 뫄뫄에게 자신들이 어떤 모습으로 비칠지 궁금했다. 고양이는 사람보다 더 빛을 많이 감지할 수 있는 눈을 가지고 있다. 빛을 감지하는 기관인 간상체를 인간보다 많이 보유하고 있기 때문이었다. 게다가 고양이는 적록색약이다. 시야가 선명하진 않지만, 움직임을 좇는 데 능숙하고 어둠에 강한 동물임은 틀림없었다. 예지가 뫄뫄의 얼굴에 대고 손을 천천히 흔들어보았다. 혹시 같은 생각을 하고 있을까?

그런 예지의 행동에 조금 놀랐지만, 아무렇지 않은 척

했다. 그렇게 나와 예지는 뫄뫄를 바라보고, 뫄뫄는 우리를 바라봤다. 뫄뫄의 유리구슬 같은 눈을 보고 있자니 내가 스쳐지나갔던 수많은 인연들을 돌이켜보게 되었다. 퇴사와 입사를 반복하며 나 자신이 무조건적으로 힐난했던 수많은 직장 동료, 나와 함께 별일도 아닌 것 가지고 남의 성정을 의심하다가 급작스럽게 자살을 선택한 친구…. 이 외에도 수많은 이들이 떠올랐다. 불쑥 떠올라 내 자신을 수치스럽게 만드는 존재들. 그러다 종국에는 뫄뫄의 눈동자에 비친 나의 얼굴을 들여다볼 수 있었다. 몹시 명백한 나의 얼굴이었다.

나는 내 모든 감정과 생각이 뫄뫄에게 공유되어버린 것만 같은, 놀라운 감각에 사로잡히고 말았다. 생경하고 경이로운 감각이었다. 이는 단순한 나의 착각일 수도 있는 것이다. 하지만 그것 또한 누가 알겠는가. 인간은 착각에 착각을 거듭하며 간신히 삶의 명맥을 이어나가는 존재가 아니던가. 그러다 착각이라고 믿었던 게 결코 착

각이 아니었다는 것을 확신하는 순간이 오고야 마는 것
이다. 직감과 관심, 몰입과 사랑, 배신과 오해. 그런 것들
이 뒤섞인 진실한 찰나의 순간들. 누구나 착각은 한다.
하지만 모든 것이 착각은 아니다. 그러다 문득 깨달았
다. 정말 아이를 원하는 존재는 예지가 아닌 나라는 것
을. 먼지를 잔뜩 뒤집어쓴 불확실한 세계에서도 품에 안
은 아이의 모습을 상상하고야 마는 이기적이고 빤한 인
간이 다름 아닌 나라는 것을. 나는 단호한 목소리로 예
지에게 말했다.

"앞으로 더 고통 받을 거야."

"무엇으로부터?"

"우리가 선택한 모든 것으로부터."

그리고 나는 예지에게 열 살 무렵, 엄마와 있었던 어
떤 날에 대해 말해주었다. 학교에서 엄마 없는 날을 가
정하여 글을 써보라고 숙제를 내주었는데, 엄마가 무심
코 내가 한 숙제를 책상 위에서 발견한 것이었다. 나의

엄마는 그 다섯 줄짜리 글을 보고는 그 자리에서 주저앉아 아주 오래도록 울었다. 그리고 이틀간 배달 음식으로 끼니를 때웠다.

"도대체 뭐라고 썼기에?"

"뭐라고 썼을 것 같아?"

"엄마가 없었으면 좋겠다고?"

"아니, 내가 사라지고 싶다고 썼어. 엄마가 사라지든 말든, 엄마를 괴롭히는 것도 이젠 재미가 없다고. 우리는 그런 아이를 낳게 되겠지. 그리고 최악의 관계를 맺고 그것이 최선이라고 생각하며 살아갈 거야. 도망칠 곳도 달리 없이, 날것에 다름 아닌 종자로 가득한 이곳에서. 그럼에도 분명한 건 있어."

"우리가 미래를 도모하고 있다는 것?"

"그래. 하지만 그 방식은 이전과 전혀 다를 거야. 네가 마이셀리움을 통해 다른 종의 네트워크 방식을 파헤치려는 것처럼."

그 순간 뫄뫄가 작게 울더니 천천히 연구실 구석에 가서 자리를 잡았다. 자디찬 비닥에 똬리를 틀고 누웠는데 나는 어쩐지 자리를 비켜줘야 한다는 생각에 사로잡혔다. 그래서 예지를 데리고 연구실 문밖으로 나섰다. 충분한 시간을 내어주는 것. 그것이 뫄뫄를 위해 할 수 있는 전부라는 확신이 들었다. 그리고 문득, 나는 청산가리를 몰래 숨겨놓은 채 하루하루를 살아내면서도, 방역복을 입은 채 멀리 나아가볼 생각조차 하지 않았다는 걸 깨달았다.

Q & A

Q 세상이 망한 후, "세상이 아주 명확해진 기분"이었다는 예지의 말이 기억에 남습니다. 작품의 설정은 망한 세계(디스토피아)이지만, 종은과 예지의 관계를 보면 왠지 그동안 존재하지 않았던 새로운 세계(유토피아)에 더 가깝지 않나 하는 생각이 들었는데요. 작품을 구상하실 때 어떤 부분을 중점적으로 생각하셨을지 궁금합니다.

처음에는 명랑한 디스토피아를 상상했지만, 어쩐지 그들의 대화를 전개해 나가면서 오롯이 명랑한 쪽으로는 흘러가지 않았어요. 배제와 혐오가 만연한 일상에서 살아온 그들이 새롭게 인류의 중심에 선다면 어떤 마음일까, 하는 생각을 하자 가벼운 방식으로만 흘러가지는 않았습니다. 저는 '그럼에도 불구하고'라는 말을 참 좋아하는데요. '그럼에도 불구하고' 그들이 불완전한 인류를 불온한 방식으로 이어나가려는 이유는 뭘까, 곰곰 생각하면서 소설을 쓰게 되었습니다.

Q '번식'이 현 시대 인류, 특히 한국의 국민에게 다시금 이슈가 되고 있습니다. 종은은 전남편이나 예지의 임신, 출산에 관한 생각을 "정돈된 사랑"이라는 단어로 표현하며 불편해하는데요. 실제로 "아이를 가질 자격"이라는 기준, 혹은 구조가 이 시대의 번식을 저하시키고 있다는 점은 비교적 분명해 보입니다. 항상 불확실한 현실에서 우리 자신을 포함한 '다른 세계'를 만들어내는 일에 관한 작가님의 개인적인 생각을 들려주세요.

사실 인구 감소에 대한 이슈는 이미 많이 논의되고 있는 문제인데요. 다양한 범주의 문제를 개인의 탓으로 돌리고 경제적 보상 혹은 낭만적 사랑으로 논점을 흐리려는 현 시대의 상황은 결코 인구 감소의 문제를 해결할 수 없을 것이라고 생각합니다(물론 딱히 해결해야 하는지도 의문이지만요). 어쨌든 저는 그래서 역으로 생각을 해봤는데요. 개인이 인간다움을 내려놓고 '동물화'하는 방식으로 '번식'을 긍정할 수 있는 논점은 무엇일까 생각해봤습니다. 열성과 우성, 비정상과 정상에 대한 분화된 사고를 벗어난 세계 속에서 실제적인 관계 맺음으로 말미암은 '번식'의 이상향을 그리고 싶었습니다. 조금 범박한 논지가 될 소지는 다분하지만요. 제가 생각하는 '다른 세계'는 뒤집어진 세계도 아니고 문젯거리가 온전히 사라지는 세계도 아닙니다. 다만, 이미 파편화된 세계를 재구성하고 다원화하며 바라볼 수 있는 틈을 만들어낼 수 있는 세계입니다.

Q 고양이 '롸롸'의 등장과 작품의 말미를 보며, "나쁜 일이 닥치면서도 기쁜 일이 함께한다는 것, 우리는 늘 누군가를 만나 무언가를 나눈다는 것"이라는 영화 <벌새> 속 영지의 말이 떠올랐습니다. 지금, 작가님에게 "미래를 도모"하기 위해 가장 먼저 시작해야 하는 일이 있다면 무엇일까요?

저도 영화 <벌새>를 정말 좋아합니다. 지금을 어떻게든 붙잡아보려는 방식으로 흘려보내는 순간순간은 참으로 가치 있다고 생각하거든요. 시절은 어떻게든 구성되고 그 구성된 시절로부터 나라는 존재가 만들어진다는 게 참 놀랍지 않나요? "미래를 도모"하기 위해서 가장 먼저 시작해야 될 일이라고 한다면… 지금은 조르주 디디-위베르만의 《가스 냄새를 감지하다》에 나온 갱도 속 카나리아처럼 제 스스로 날개를 힘껏 부풀리고 위험을 감지하는 행위 자체가 되어야 하지 않겠나 싶은 마음뿐입니다(하지만 부끄럽게도 저는 늘 부족한 사람입니다).

◆

Nonfiction

정
수
종

서울대에서 기후변화에 대한 연구 및 교육을 진행하고 있다. 2010년 서울대에서 박사학위를 받고 미국 프린스턴대 박사후연구원으로 자리를 옮겨 기후변화모델링 연구를 수행하였으며, 2013년부터는 미국 NASA 제트추진연구소에서 인공위성 자료를 이용한 전 지구 탄소순환 연구에 대한 업무를 수행했다. 정수종 교수는 한국의 탄소중립 지원을 위한 국가연구개발사업 Korea Carbon Project의 총괄책임자로 다양한 온실가스 연구를 수행하며, 세계적인 국제학술지 <Global Change Biology>의 에디터로도 활동 중이다. 또한 대통령직속 2050 탄소중립녹색성장위원회 위원으로서 한국의 기후테크 산업육성을 위해 조직된 녹색중소벤처전문위원회 위원장 역할을 맡고 있다.

차가운

불쏘시개를

찾습니다

지구의 체온은 비정상

이제는 시간을 가리지 않고 들려오는 산불 소식. 미국, 유럽, 한국, 호주 등 대륙과 계절에 관계없이 지구 곳곳이 타들어가고 있다. 반면에 지구 반대편에서는 감당할 수 없는 폭우로 인한 홍수로 수천 명의 사망자가 발생했다는 뉴스도 들려온다. 예측 불가능한 산불, 예측을 하더라도 너무 많이 내리는 비, 도대체 지구에 무슨 일이 있는 것인가. 늘 영화에서 보면 그 어떤 행성보다 푸르고 고요했던, 많은 생명체가 살아가기 좋은 우리의 행성 지구에 문제라도 생긴 것인가. 이제부터 지구에서 무슨 일이 벌어지는지 하나씩 짚어보려 한다.

누구라도 그렇듯 아침에 눈을 떠 몸이 불편하면 병원을 방문한다. 그 어떤 검사보다 가장 먼저 하는 일은 바로 체온을 재는 것이다. 그렇다면 지구의 체온은 지금 어느 정도일까. 미국 항공우주국[NASA] 발표에 따르면 1880년 기상관측 이래로 2023년 여름이 가장 뜨거운 기온을 기록했다고 한다. 즉 지구는 지금 미열이 아닌 고열을 보이고 있는 것이다. 사람으로 치면 정상체온 약 37℃를 넘어 38℃ 이상으로 올라가고 있는 것이 분명한 것이다. 인간의 체온이 38℃ 이상 올라간다는 것은 분명 몸에 문제가 있다는 뜻이다. 그리고 그렇게 몸에 문제가 있으면 몸에 힘이 빠지거나, 머리가 아프거나, 식은땀이 나는 등 여러 가지

차가운 불쏘시개를 찾습니다

증상을 보인다. 지구도 마찬가지다. 결국 지구의 체온이 비정상적으로 올라가면 가뭄, 폭우, 폭염, 홍수 같은 증상이 나타나는 것이다.

그렇다면 지구의 체온은 왜 이렇게 상승하는 것일까. 지난 수십 년 동안 많은 과학자들은 이 문제의 답을 찾기 위해 엄청난 노력을 기울였다. 험난한 산지를 오가며 기온을 측정하는 과학자, 바다에 배를 띄우고 해수의 성분을 분석하는 과학자, 지구의 기후변화를 감시하기 위한 인공위성을 개발하는 공학자, 지구 기후의 물리적 변화를 시뮬레이션하는 과학자, 화학 실험을 통해 기후변화 유발 물질을 분석하는 과학자, 공기 속 기후변화 유발 물질을 탐지하는 과학자 등 일일이 열거할 수 없을 정도로 많은 분야의 다양한 과학자, 공학자, 기술자의 헌신적인 노력을 통해 이제 우리는 거의 답을 찾아가고 있는 듯하다. 그리고 그 답은 흔히 IPCC(국가간기후변화협의체, Intergovernmental Panel on Climate Change)라고 불리는 국제 협의체에서 발표한 2021년 보고서에 명시되었다.

IPCC는 1998년 11월 세계기상기구(WMO, World Meteorological Organization)와 유엔환경계획(UNEP, United Nations Environment Programme)이 공동으로 기후변화와 관련된 전 지구적 위험을 평가하고 국제적 대책을 수립하기 위해 설립한 유엔 산하 국제 협의체이다. IPCC는 5~7년 주기로 기후변화의 과학적 근거(WG1), 기후변화 영향, 적응, 취약성(WG2), 기후변화 완화(WG3)의 3개 그룹으로 나누어 보고서를 발간한다. 그리고 가장 최근에 IPCC에서 발표한 6차 보고서(AR6) WG1에 따르면 인류는 지금 전례 없이 빠른 속도의 기후변화를 경험하고 있으며 이것은 분명히 인간의 영향이라고 밝혔다. 특히 1970년 이후 지구 표면 온도는 지난 2,000년 동안의 다른 50년 기간보다 빠르게 증가했고, 1900년 이후 해수면은 지난 3,000년 동안 그 어느 세기보다 빠르게 상승하고 있다고 밝혔다.

도대체 무엇 때문에 지구는 이렇게 전례 없는 속도의 기후변화를 겪고 있는 것일까. 그 답은 IPCC가 언급한 것처럼 인간에게 있다. 사실 지구의 기후는 변하는 것이 맞다. 기후가 변하지 않으면 안 된다. 그러나 문제는 너무 빠르게 변하는 것이다. 지구의 기후를 결정짓는 가장 중요한 인자는 태양이다. 지구라는 행성이 존재할 수 있는 근본적 에너지는 태양으로부터 오기 때문이다. 따라서 태양 활동의 변화에 따라 지구의 기후는 변할 수 있다. 그러나 이 또한 시간이 문제다. 태양 활동의 변화와 같은 자연 변동 요인은 지금과 같은 기후변화, 아주 빠른 속도의 온도 변화는 설명하기 힘들다. 오히려 수천 년, 수만 년의 지구 온도 변화를 설명하기는 좋은 요인이다. 그리고 지구의 화산 활동과 같은 지구 내부 활동으로 인해 기후가 바뀔 수 있다. 화산이 폭발하면서 뿜어내는 막대한 양의 가스 그리고 입자들은 태양으로부터 오는 빛(에너지)을 조절하기 때문이다. 그러나 이 또한 지금 우리가 경험 중인 급격한 온도 증가를 설명하지 못한다. 즉 인간의 간섭이 전혀 없는 자연변동성만으로는 지난 약 150년간 증가한 전 지구 평균 1.1°C 증가를 설명할 수 없다는 뜻이다.

그래서 IPCC 6차 보고서에는 1850년 이후 최근까지 지구 평균기온 약 1.1°C 증가의 원인을 자연적 요인과 인간이 관여한 인위적 요인으로 나누어 설명했다. 1.1°C 증가에 대한 태양 활동과 화산 활동의 기여도는 거의 0이다. 그리고 지구 시스템의 내부변동에 의한 기여도 역시 매우 적은 것으로 나타났다. 반면에 인간 활동으로 인한 온실가스 배출, 그중에서 이산화탄소의 기여도는 0.7°C, 메탄에 의한 기여도는 0.5°C 정도이다. 다음으로 아산화질소, 할로겐가스, 휘발성유기화합물 및 일산화탄소, 블랙카본 등이 온도 증가에 조금씩 기여한 것으로 나타났다. 그리고 미세먼지를 유발하는 전구물질인 이산화황, 질소산화물, 암모니아 등은 온도를 낮추는 역할을 한 것으로 나타났다. 쉽게 말해 미세먼지는 공기를 데우는 온실가스와 달리 주로 햇빛을 산란하거나 반사하는 역할을 하기 때문에 온도를 낮추게 된다. 지면에서는 관계농업 같은 토지 이용 또한 지구의 기온을 낮추는 것으로 나타났다. 결국 자연적 요인, 인위적 요인 모두를 검토해보니 산업화 이후 온도 상승을 거의 정확히 설명할 수 있었으며, 그중 가장 중요한 요인이 이산화탄소, 그다음이 메탄이라는 것이 밝혀졌다. 둘 다 탄소기반 물질이다. 이것이 바로 지금 우리 모두가 탄소배출을 줄여야 한다는 과학적 근거가 된 것이다.

그렇다면 과연 공기 중에는 얼마나 많은 이산화탄소가 있기에 이렇게 지구의 체온을 끓어오르게 하는 것일까. 지금과 같은 미래를 예상이라도 하듯 미국 스크립스 해양연구소Scripps Institution of Oceanography의 찰스 데이비드 킬링Charles David Keeling 박사는 1958년 하와이 마우나로아 섬 해발 3,000미터 지점에 관측소를 설치하고 공기 중에 있는 탄소량, 즉 이산화탄소 농도를 측정하기 시작했다. 아마 많은 분들이 TV뉴스나 신문 같은 미디어에서 1958년 이후로 한 번도 멈추지 않고 시간에 따라 증가하는 이산화탄소의 농도 그래프를 한 번 정도는 봤을 것이라 생각한다. 이것이 바로 그 유명한 킬링커브이다. 지구의 기후변화 유발 물질이 공기 속에 점점 늘어나고 있다는 것을 증명하는 그래프인 것이다. 마우나로아 섬 관측소의 최신 측정값은 2023년 8월 기준 약 420ppm이다. 즉 단위 부피 공기 속 약 100만 개 입자 중에 420개 정도의 탄소 입자가 있다는 것을 의미한다. 이렇게 숫자로 간단히 환산해보면 놀라울 정도로 적다. 하지만 이렇게 적은 양의 공기 중 탄소가 지금 이렇게 지구의 체온을 증가시키는 것이다. 너무도 적지만 아주 강력한 힘을 지녔다.

탄소순환과 대기 중 이산화탄소 증가

기후변화를 유발하는 대기 중 이산화탄소는 왜 증가하는 것일까? 답은 간단하면서도 복잡하다. 간단하게는 인간에 의한 화석연료 연소량이 늘어난 것 때문이고, 복잡한 면은 지구시스템의 다양한 요소들 생물권, 해양, 대기, 지권, 빙권 등이 관여한다는 것이다. 우리가 삶을 유지하기 위해 사용하는 막대한 에너지는 대부분 석탄, 석유와 같은 화석연료에 의존하고 있으며, 이러한 연료의 연소 과정을 통해 이산화탄소가 발생한다. 전세계 탄소 연구자들의 모임인 글로벌 카본 프로젝트Global Carbon Project에서 발표한 2021년 화석연료 기반 탄소배출량은 약 371억 톤 정도로 나타났다. 이 수치는 2020년 대비 5.6% 증가한 것이며 2015년 기후변화를 막기 위해 전 세계 정치인들이 모였던 파리협정 때보다 약 5% 이상 높아진 수치다. 화석연료 배출원별로 살펴보면 석탄이 약 40%, 석유가 32%, 가스가 21%, 시멘트가 5% 정도 차지한다. 국가별로 전 세계 배출량의 67%가 고작 6개 국가에서 발생하고 있으며 중국이 전체 배출량의 31%, 미국 14%, EU(유럽연합) 8%, 인도 7%, 러시아 5%, 일본이 3%를 차지하고 있다. 화석연료 사용에 추가하여 인간의 토지 이용에 따른 탄소배출도 공기 중 이산화탄소 농도를 증가시키는 데 기여를 하고 있다. 2021년 기준 약 45억 톤 정도의 탄소가 목재 확보를 위한 벌목, 산림 개간을 통한 농경지, 그리고 도시의 확장에 따른 자연녹지 손실 등으로 배출되었다.

지금까지 얘기한 인간에 의한 인위적 탄소배출은 의문의 여지 없이 공기 중 탄소량을 늘리는 역할을 한다. 그런데 정말 다행인 것은 지구 스스로 이렇게 배출된 탄소의 일부를 없애준다는 것이다. 여기서 우리는 탄소순환Carbon cycle이라는 개념을 이해할 필요가 있다. 탄소순환이란 말 그대로 지구시스템 내 여러 탄소 저장고 사이를 탄소가 이동하는 개념이다. 인간은 땅이라는 탄소저장고에서 탄소를 꺼내어 연소 과정을 통해 이 탄소를 대기 중으로 날려 보낸다. 땅이라는 저장고에서 대기라는 저장고로 이동한 것이다. 이렇게 두 개의 다른 탄소저장고 사이를 이동하는 것을 탄소순환이라 한다. 그리고 지구시스템 내 탄소저장고들 사이 이동한 탄소량을 정량화하여 값을 맞추는 것을 탄소수지Carbon budget라고 한다.

글로벌 카본 프로젝트에서 발표한 2012~2021년 10년간의 평균 탄소수지를 보면 인간에 의한 화석연료 연소와 토지 이용을 합한 탄소배출량이 연간 약 397억 톤이고 그중 약 29%인 114억 톤 정도를 육상생태계가 흡수하며, 약 26%인 105억 톤을 바다가 흡수한다. 그리고 남은 45% 정도가 대기에 남게 된다. 예를 들어 우리가 만약 100톤의 이산화탄소를 대기로 방출하면 약 55톤은 산림의 식물이 광합성을 통해 이산화탄소를

차가운 불쏘시개를 찾습니다

빨아들이거나 해양이 흡수하여 없애주는 것이다. 그리고 지구 시스템이 감당하지 못하는 45톤은 더는 갈 곳이 없어 공기 중에 남아 차곡차곡 쌓인다. 여기서 중요한 것이 차곡차곡 쌓이는 부분이다. 보통 이산화탄소는 한 번 배출되면 최대 200년까지 머무를 수 있다. 오늘 당장 배출을 멈추더라도 어제까지 배출한 이산화탄소가 공기 중에 199년 하고 364일을 버틸지도 모른다는 것이다. 오래된 탄소가 공기 중에 남아 있어 새롭게 배출한 것들에 의해 농도가 증가할 수밖에 없다. 200년이라는 긴 시간을 두고 지속적으로 쌓여가는 것이다. 이를테면 1850년 산업혁명 때 영국의 증기기관에서 뿜어져 나온 이산화탄소가 아직 우리의 머리 위를 떠돌아다닐지 모른다. 그러니 결국 매해 늘어나는 탄소가 지속적으로 공기 중에 쌓여 농도가 높아지는 것이다. 마치 시원한 아이스 아메리카노에 샷을 추가하면 할수록 점점 진해지듯이 공기 중의 이산화탄소 농도는 점점 진해지는 것이다.

결과적으로 지구의 기후를 바꾸고 있는 대기 중 이산화탄소의 농도 변화는 인간과 지구의 상호작용에 의한 결과이다. 일정 부분의 탄소는 지구시스템을 유지하는 데 필요한 요소이기 때문이다. 예를 들어 대기 중의 일정량의 탄소가 없다면 식물이 광합성을 할 수 없기에 우리는 푸른 산을 볼 수가 없다. 그래서 희망적으로 생각해보면 만약 인간이 지구가 감당할 수 있을 만큼의 이산화탄소를 배출한다면 더는 공기 중에 이산화탄소 농도가 높아지지 않을 것이다. 이것이 바로 탄소중립이다. 이론적으로는 탄소중립이 이렇게 간단하다. 그러나 지금 문제는 인간이 지구가 흡수해줄 수 있는 양의 약 2배 가까운 탄소를 배출하기 때문에 어려운 것이다. 버려진 땅에 나무를 심어 흡수량을 늘리거나 획기적인 과학기술로 새로운 탄소 흡수원을 확보하거나 인위적인 이산화탄소 배출량을 현재의 반으로 과감히 줄여야 하는 상황이기 때문이다. 그마저도 안 된다면 새로운 과학기술의 개발을 통해 흡수하지 못하고 대기로 빠져나가는 탄소를 잡아서 없애야 한다. 이것이 요즘 많이들 얘기하는 탄소 포집 및 저장(CCUS: Carbon Capture Utilization and Storage)이다.

결국 탄소중립을 논함에 있어서 앞으로 인간이 얼마만큼 탄소 배출량을 줄여야 하는지 얘기할 때 명심해야 할 점은, 지구의 육상 산림과 바다 같은 자연생태계가 얼마나 많은 이산화탄소를 흡수할지에 따라 우리가 얼마나 배출량을 줄여야 하는지 그 양이 달라진다는 점이다. 탄소수지의 균형을 맞춰 배출과 흡수가 같은 상태가 되어야 탄소중립이기 때문이다. 만약 앞으로 지구 자연생태계의 이산화탄소 흡수량이 늘어난다면 우리가 줄여야 할 인위적 배출량에는 상대적으로 여유가 있을 것이다. 그러나 반대로 지구 자연생태계의 탄소흡수 능력이 떨어진다면 우리는 지금 생각하는 것보다 더 많은 양의 배출량을 빠르게 줄여나가야 한다. 그래서 지금 우리는 지구의 자연생태계가 어떤 상태인지 면밀히 살펴볼 필요가 있다. 하지만 앞에서 언급했듯이 지구의 체온이 비정상이라 자연생태계가 그리 건강할 것 같지 않다는 불길한 예감이 앞선다.

지구의 건강을 진찰하는 방법

인간이 자연생태계의 건강을 진단하기 위해 전 지구를 돌아다니며 나무, 흙, 바다 등을 조사할 수는 없다. 물론 불가능하지는 않지만 수만 명의 사람이 수십 년은 걸려야 조사가 끝날 것이다. 그렇다면 어떻게 지구의 건강 상태를 파악할 수 있을까? 체온계로 사람의 체온을 측정하거나 엑스레이 촬영을 통해 몸속의 문제를 파악할 수 있는 방법이 있을까? 이렇게 사람의 건강을 진단하듯이 직접적으로 검사를 할 수는 없지만 간접적으로 문제를 진단할 수 있는 방법이 있다. 바로 대기 중 이산화탄소의 농도 변화를 살펴보는 것이다.

대기 중 이산화탄소 농도는 인간에 의한 배출량 증가로 인해 지속적으로 증가하고 있다. 머릿속에 그래프를 그려보자. 가로축이 시간(연도), 세로축이 농도라고 하면 시간이 늘어남에 따라 농도가 증가한다는 뜻이다. 그런데 여기서 흥미로운 점은 대기 중 이산화탄소 농도가 단순하게 선형적으로(일자로) 증가하지 않는다는 점이다. 월별로 자세히 살펴보면 봄에서 여름철로 들어서면서 대기 중 이산화탄소의 농도가 줄어들다가 여름이 끝나고 가을로 접어들면서 다시 증가하는 경향을 보인다. 즉 자동차가 달리는 고속도로 같은 일자가 아니라 지렁이가 기어가듯이 꾸불꾸불한 선을 보이는 것이다. 우리는 이러한 대기 중 이산화탄소 농도의 특성을 계절성이라고 정의한다.

대기 중 이산화탄소 농도가 계절성을 가지는 이유는 지구생태계의 탄소순환 특성 때문이다. 앞서 언급한 것처럼 육상생태계는 인간이 배출한 연간 탄소의 약 29%를 흡수하는데 일 년 중 계속 흡수하는 것이 아니라 특정 기간에만 흡수하는 특성을 가지고 있다. 예를 들어 북반구는 봄이 되면 식물의 꽃이 피고 잎이 자라기 시작한다. 육상생태계, 그중에서도 특히 식생의 활동이 시작된 것이다. 그리고 여름이 되면 위성에서 온 지구가 초록색으로 보일 정도로 잎이 무성해진다. 즉 이렇게 우리가 초록색을 인지할 수 있는 이유는 식생이 광합성을 통해 잎이라는 바이오매스를 생성하기 때문이다. 식생의 바이오매스 생산 과정은 탄소동화작용을 통해 이루어지며 이때 식생이 대기 중 이산화탄소를 빨아들여 에너지원으로 사용한다. 따라서 식생이 광합성을 통해 자라는 생장 기간 동안 대기 중 이산화탄소의 농도가 떨어지면서 연중 최젓값으로 내려가게 된다.

무더운 여름이 지나 기온이 떨어지고 일조량이 줄면서 식생의 광합성은 멈추고 이제 세상은 초록색이 아니라 울긋불긋 강렬한 붉은색으로 변해간다. 식생의 광합성이 끝나는 가을이 온 것이다. 식생의 광합성이 끝나면 육상생태계는 이제 더 이상 대기 중 이산화탄소를 흡수할 수 없기에 떨어지던 대기 이산화탄소가 다시 증가하기 시작한다. 가을이 되면 식생의 흡수 기능이 멈춘 것에 더하여 나무 밑에 가려져 있던 토양의 역할이 본격적으로 시작된다. 육상생태계 전체적으로 보면 식생은 대기 중 이산화탄소를 흡수하는 역할을 하는 반면 반면에 토양은 농도를 증가시키는 역할을 한다. 토양 속의 미생물이 먹잇감인 토양 속의 유기물을 분해하는 동안 이산화탄소가 배출되기 때문이다. 사실 토양은 일 년 내 활동을 하지만 식생의 생장 기간 동안 식생의 흡수가 상대적으로 크기 때문에 잘 드러나지 않다가 식생의 흡수가 멈추면서 그 효과가 보이기 시작하는 것이다. 이처럼 대기 중 이산화탄소 농도가 여름의 최젓값을 지나 상승하기 시작하는 것이 토양의 역할이 시작되는 시그널이다.

정리해보면 대기 중 이산화탄소 농도의 계절성은 북반구 육상생태계 식생의 탄소흡수, 토양의 탄소배출에 의해 거의 결정된다. 마치 지구가 호흡을 하는 것처럼 식생의 생장 기간에는 들숨을 통해 탄소를 빨아들이고 식생이 생장을 멈추는 동안 날숨을 내뱉는 것처럼 탄소를 토해내는 것이다. 그래서 대기 중 이산화탄소의 계절성을 분석해보면 지구의 호흡 상태를 파악할 수 있다. 전 지구 규모에서 지구의 건강 상태를 파악할 수 있는 방법이 생긴 것이다. 이제 본격적으로 전 세계 다양한 곳에서 측정 중인 대기 중 이산화탄소 농도를 이용하여 지구의 건강 상태를 살펴보고자 한다.

지금 지구는 과호흡 상태

지구 대기 중 이산화탄소 농도를 파악하는 방법은 여러 가지가 있다. 먼저 지상에 타워를 설치하거나 높은 건물의 옥상 처럼 공기의 순환이 잘 되는 곳에 직접 대기 중 이산화탄소 농도를 측정할 수 있는 장비를 설치하는 것이다. 보통 이렇게 직접 측정한 농도는 설치된 지역의 지역적 특성을 많이 반영한다. 최근 들어 기술이 발달함에 따라 직접이 아닌 원격으로 측정하는 방식이 등장했다. 바로 인공위성을 이용한 이산화탄소 농도 측정이다. 인공위성을 이용한 방식은 지구 대부분의 지역을 측정할 수 있는 장점이 있지만 아직 오랜 기간의 자료가 축적되지 않아 대기 중 이산화탄소 농도의 장기 변화를 보기는 힘들다. 그래서 앞서 얘기한 지상의 직접 측정값을 먼저 살펴보려 한다.

현재 미국해양대기청[NOAA]을 중심으로 전 세계 대기 중 이산화탄소 모니터링을 진행하는 지구대기감시 프로그램에는 150개 지점 이상의 온실가스 측정 정보가 수집되고 있다. 이 중 적어도 약 40년 이상의 대기 중 온실가스 농도를 분석할 수 있는 자료는 총 45개 정도 측정소의 값이다. 남반구 최남단에 위치한 SPO(South Pole) 측정소에서 열대태평양 하와이 MLO(Mauna Loa) 측정소를 지나 북반구 최북단 ALT(Alert Nunavut)까지 위도를 가로질러 지구 대기 중 이산화탄소의 농도에 대한 40년의 기록이 담겨 있는 것이다. 그래서 이렇게 측정한 대기 중 이산화탄소 농도의 계절성을 분석해보면 앞 절에서 얘기한 것처럼 지구 육상생태계의 건강성을 어느 정도 파악할 수 있는 것이다. 북반구에서 남반구까지 모든 자료를 분석해보면 한 가지 놀라운 공통점이 발견된다. 거의 모든 지점에서 대기 중 이산화탄소 농도의 계절성이 강해지는 것이다. 일 년 내 자료를 봤을 때 이산화탄소 농도의 연중 최곳값이 증가하거나 연중 최젓값이 더 작아진다는 것이다. 먼저 연중 최젓값이 더 작아진다는 것은 대기에서 육상생태계로 이동하는 탄소량이 증가했다는 것을 지시한다. 기본적으로 육상생태계는 생장 기간 동안 광합성을 통해 이산화탄소를 흡수하기 때문에 지난 40년간 식생의 생장 활동에 따른 탄소흡수 능력이 강해졌다는 것을 의미한다고 볼 수 있다. 사실 이건 놀라운 일은 아니다. 최근 들어 많은 연구들이 북반구 식생의 녹화에 대한 연구 결과를 많이 발표했기 때문이다. 북반구 식생의 녹화란 말 그대로 북반구가 점점 더 푸르러진 다는 것을 의미한다. 겨울철 온난화로 인해 식생의 첫 잎이 발아하는 시기가 빨라지고 가을철 단풍 시작이 늦춰지면서 점점 식생을 볼 수 있는 기간이 늘어나거나, 고위도 지역의 지역기후 온난화로 인해 풀이 없던 지역에도 풀이 자라고 있기 때문이다. 즉 시간적으로나 공간적으로 지구의 초록색이 강해지는 것이다.

이렇게 지구의 녹화로 인해 육상생태계가 더 많은 탄소를 흡수하는 것은 사실 기후변화를 걱정하는 우리에게 좋은 신호일지 모른다. 그런데 앞에서 얘기했듯이 대기 중 이산화탄소 농도의 연중 최젓값이 더 줄어들 뿐 아니라 최곳값이 증가하는 것은 육상생태계에서 대기로 이동하는 탄소량 또한 증가했다는 것을 의미하기에 좋아할 만한 상황은 아니다. 지구 대기가 온난화로 따뜻해지면서 대기에 영향을 받는 토양의 온도 또한 올라가고 있다. 토양의 온도가 올라가면 토양 속 미생물의 유기물 분해 활동이 활발해지면서 더 많은 탄소가 땅속에서 대기 중으로 빠져나가게 된다. 일반적으로 한국이 위치한 중위도 같은 곳은 이렇게 빠져나가는 탄소량이 식생이 흡수하는 양에 비해 그렇게 많지 않아 아직은 큰 문제가 없는 상황이다. 그런데 지구의 북반구 고위도 지역으로 가면 얘기가 다르다. 어쩌면 그곳에 큰 문제가 될 수 있는 상황이 도래할지 모른다.

북반구 고위도 지역에는 영구동토층이라 불리는 지역이 있다.

학문적으로 영구동토층은 2년 이상 토양의 온도가 0°C 이하로 유지되는 지역을 의미한다. 그런데 말 그대로 얼어 있어야 할 땅인 영구동토층이 지금 녹고 있다. 산업혁명 이후로 지구의 평균 기온은 2023년 기준 약 1.1°C 정도 상승했다. 그런데 이것은 지구 전체에 대한 평균이고 북반구 고위도 지역은 평균 3°C 이상 심지어 6°C가 넘은 곳도 있다. 이렇게 지구 평균보다 강력한 온난화로 인해 동토의 많은 곳이 녹아내리고 있는 것이다. 그리고 이곳에는 현재 대기 중에 있는 탄소량 약 800Pg보다 두 배 많은 약 1600Pg 정도의 탄소가 묻혀 있기 때문에 이 막대한 양의 탄소는 언제든 지구를 뜨겁게 데워버릴 수 있는 강력한 시한폭탄이 될 수 있다. 아직은 다행히 영구동토층에서 빠져나오는 양이 걱정스러운 수준은 아니지만 지금과 같은 온난화가 더 지속된다면 아무리 인간이 탄소배출을 줄이더라도 영구동토층에서 배출되는 탄소로 인해 기후변화가 더욱 심화될 것으로 추정한다.

결국 지구의 남북을 가로지르는 대기 중 이산화탄소의 장기 변화를 통해 지구를 진찰해 본 결과 지금 지구의 상태는 '과호흡' 상태이다. 지구의 날숨과 들숨이 모두 강해져 호흡이 매우 거친 상황이다. 인간은 과호흡이 오면 뇌, 폐, 호흡기관 등에 이상 증상이 나타난다. 그렇게 보면 결국 지금 우리가 겪고 있는 이상기후로 인한 피해는 어쩌면 지구가 과호흡을 통해 겪고 있는 이상 증상일지도 모른다. 지구에 기후변화를 초래한 대기 중 이산화탄소 연간 농도는 기후변화를 유발하는 원인물질이 증가한다는 것을 나타내기도 하지만 그 계절성 변화는 기후변화의 결과 또한 우리에게 알려주고 있다. 그럼 지구에 나타나고 있는 과호흡으로 인한 이상 증상은 어떤 것이 있는지 하나씩 살펴보고자 한다.

뜨거워지는 지구를 위한 차가운 불쏘시개

지구의 날숨을 강하게 만들고 있는 북극의 온난화는 단지 북극 영구동토층을 녹이는 것으로 그 위력이 끝나지 않는다. 뜨거워지는 북극의 변화는 지구상의 많은 곳에 영향을 끼치고 있다. 봄, 여름, 가을, 겨울 계절을 가리지 않고 미국, 한국, 일본, 인도 등 지역에 상관없이 영향을 주고 있다. 사실 북극은 온난화의 주범인 인위적 온실가스 배출을 하지 않는다. 그렇지만 지구상 그 어떤 지역보다도 온실가스로 인한 온난화가 급격히 진행되고 있다. 그래서 북극이 심술이라도 난 것인지 온실가스 배출의 주요국들을 향해 예측하기 힘든 막강한 영향을 끼칠지도 모르겠다.

일반적으로 지구 북극 지역의 지표면 기온은 차갑고 그에 반해

적도 지역의 기온은 상대적으로 뜨겁다. 적도는 일 년 내내 태양빛을 받지만 북극은 여름철만 주로 빛을 받기 때문에 기후학적으로 차갑다. 그래서 지구에는 이렇게 두 개의 다른 온도 특성을 가진 지역을 가로지르는 거대한 막이 우리 머리 위에 존재한다. 바로 제트기류이다. 여기서 제트라는 이름을 쓰는 이유는 2차 대전 당시 괌에서 일본으로 비행하던 전투 비행기들이 갑자기 느려진 속도로 인해 발견된 것에서 유래했기 때문이다. 바다의 해류처럼 하늘에 있는 공기의 길이라고 생각하면 좋을 것 같다. 중위도에 존재하는 제트기류는 편서풍이기 때문에 보통 항공기들이 서에서 동으로 이동할 때 이 편서풍을 타고 간다. 그러면 마치 바다의 해류를 타는 것처럼 공기의 기류를 타고 빠르게 이동할 수 있는 것이다. 하지만 반대로 동에서 서로 올 때는 바람의 저항을 거슬러 가야 해서 더욱 시간이 오래 걸리는 것이다. 이것이 바로 한국에서 미국으로 갈 때와 올 때 시간의 차이가 나는 이유이기도 하다.

하늘길 제트기류는 북극과 적도의 온도차로 인해 발생한다. 특히 온도의 차이가 크면 클수록 제트기류는 더욱 빠르고 곧게 불어가게 된다. 그런데 지금 북반구 극지의 기온이 많이 오르면서 두 지역의 온도차가 과거에 비해 약해진 것이다. 즉 북극과 적도의 공기 칸막이가 약해진 것이다. 이렇게 약해진 제트는 바르게 일직선으로 나아가는 것이 아니라 마치 뱀이 기어가듯이 사행하게 된다. 즉 직선 길이 구불구불하게 휘어진 길로 바뀌는 것이다. 그리고 아래쪽으로 휘어진 길에서는 극지의 찬바람이 더욱 아래로 내려오고, 위로 휘어진 길에서는 아래쪽의 더운 바람이 북진하는 형태가 된다. 그래서 내가 위치한 곳이 휘어진 하늘 길 어디에 위치하느냐에 따라 예기치 못한 혹한이나 폭염을 경험할 수 있는 것이다.

2022년 5월 인도에서는 엄청난 폭염이 발생했다. 아직 본격적인 여름이 오기 전이었지만 날아가는 새도 떨어져 죽을 만큼 뜨거운 날이 지속되었다. 바로 이때 인도가 사행하는 제트기류의 위로 휘어지는 하늘길 아래에 위치하고 있었다. 그래서 적도에서 데워진 뜨거운 공기가 인도를 뜨겁게 달군 불쏘시개 역할을 한 것이다. 이와 반대로 2021년 2월 미국에서는 21세기 최악의 한파로 불리는 사건이 텍사스에서 발생했다. 생각해보라. 보통 텍사스하면 떠오르는 것은 더위와 사막이다. 그런데 이런 텍사스에서 한파라니. 이때 TV 뉴스에 나왔던 한 할머니의 인터뷰가 아직도 기억이 난다. 70년간 텍사스에 살면서 이렇게 추운 날은 처음이라고 했던 내용이었다. 이렇게 70년 동안 경험하지 못했던 엄청난 이상기후의 원인 또한 극지의 온난화였다. 뜨거워진 겨울철 기온으로 인해 극지가 너무 따뜻해지고 이로 인해 약해진 제트기류는 미국의 최남단 텍사스까지 굽이쳐 내려오면서 엄청난 한파와 폭설을 뜨거운 태양의 땅으로

끌고 내려왔다.

인도의 폭염, 미국의 한파뿐만 아니라 사실 한국의 이상기후에도 북극 지역의 온난화는 막대한 영향력을 행사하고 있다. 특히 겨울철 간간이 한국을 찾아오는 한파 또한 북극의 온난화와 밀접한 관련성이 있기 때문이다. 이렇게 북극의 온난화가 지구의 많은 다른 지역의 날씨에 지대한 영향을 끼치는 것은 놀라운 일은 아닌 것 같다. 그런데 사실 더 중요한 점은 단순히 기온이 올라가거나 추운 날씨의 변동으로만 그 영향력이 끝나지 않는다는 점이다. 인도의 폭염이 발생할 당시 러시아와 우크라이나 전쟁으로 인해 전 세계적으로 밀 공급 부족에 대한 우려가 있었다. 다행히 인도가 많은 양의 밀을 세계시장에 공급할 것이라 했기 때문에 큰 문제가 없을 것이라 생각했지만, 갑작스레 찾아온 북극발 폭염으로 인해 인도 정부는 바로 밀 수출을 중단하게 되었다. 결국 북극의 온난화는 인도에 폭염을 몰고 오고, 이는 전 세계 밀 공급망까지 영향을 끼치게 되었다. 그 누구도 상상하지 못했던 일이 벌어진 것이다. 텍사스 한파도 마찬가지다. 텍사스 반도체 공장들이 한파로 인한 정전 때문에 공장 가동을 중단하게 되었고 이는 결국 전 세계 반도체 공급망에 막대한 영향을 끼치는 결과를 낳았다.

이런 일들이 있을 때마다 문득 이런 생각이 든다. 북극이 우리에게 구조 신호를 보내는 것이 아닌가. 더 이상 뜨거워지게 하지 말라고, 그렇지 않으면 예상치 못한 더 큰 피해가 발생할지 모른다고. 소리 없이 이상기후를 통해 경고를 하고 있는 것이다. 우연의 일치겠지만 미국, 인도 모두 온실가스를 많이 배출하는 국가들이다. 물론 이 두 나라 때문에 극지가 데워지고 있는 것은 아니지만, 어느 정도의 역할은 충분히 하고 있는 것으로 보인다. 미국, 인도, 그리고 다른 모든 국가들도 이제는 북극의 구조 신호에 응답을 해야 할 시간이다.

빨라지는 개화 시기

지구가 따뜻해진다는 것을 말해주는 많은 지시자들 중 우리에게 가장 친숙한 것은 아마 봄꽃일지 모르겠다. 매년 봄이 되면 모든 미디어를 장식하는 뉴스가 있다. '올해 벚꽃이 지난해보다 수일 더 빠르게 피었습니다.' 해를 거르지 않고 거의 매해 이런 뉴스가 TV를 통해 흘러나온다. 개화 시기가 빨라지고 있는 것이다. 개화 시기와 같이 매해 반복적으로 나타나는 생물학적 이벤트를 학문적으로는 페놀로지phenology라고 지칭한다. 개화, 개엽, 단풍, 낙엽 그리고 농작물의 파종과 수확도 모두 페놀로지의 범주에 속한다. 농작물을 제외한 페놀로지 현상은 주로 기상학적 요인에 의하여 결정된다. 예를 들어 한국과 같은 온대지역 식생의 개화 시기를 결정하는 것은 주로 기온이다. 온대지역 식생은 일정량의 추위와 따뜻함을 인지하면 꽃을 피우게 되어 있다. 여기서 추위를 어느 정도 겪어야 하는 이유는 혹시 너무 따뜻해서 일찍 나왔다가 동사할 수 있기 때문에 어느 정도의 추위가 지나야 꽃을 피우게 되어 있는 것이다. 그래서 식생은 일정량의 추운 날이 지나고 나서부터 열을 축적하기 시작하여 개화에 필요한 열이 모두 충족되면 그때 꽃을 피우는 것이다. 그리고 식생마다 다른 날짜에 꽃을 피우는 것은 개화를 위해 필요한 열이 수종별로 다르기 때문이다.

전 지구적인 온난화로 인해 겨울에서 봄에 이르는 시기가 따뜻해지고 결국 식생이 필요한 열에 도달하는 시간이 빨라지면서 개화가 빨라지는 것이다. 아주 간단한 원리이다. 물론 일사량, 강수, 토양의 수분 등 다른 기상 및 환경 조건들도 중요한 역할을 하지만 제일 중요한 역할을 하는 것이 기온이기 때문에 따뜻해지면 꽃이 빨리 피는 것이다. 식생의 생장 단계 중 개엽 시기도 개화 시기와 유사한 이유로 빨라지는 경향을 보이고 있다. 그렇다면 이렇게 빨라지는 개화 시기 또는 개엽 시기는 어떤 의미를 가지고 있는 것일까. 따뜻해져서 봄이 빨라지는 것이 마냥 좋은 것인지 의문이 들 수밖에 없다. 개화 시기가 빨라진다는 것은 육상생태계 식생의 물리적, 생태적 기능이 시작되는 시기가 빨라진다는 것을 의미하기 때문에 대기, 토양, 곤충, 주변 식생 등 다양한 기후, 환경, 생태 요소에 영향을 끼칠 것이다.

먼저 탄소순환의 관점에서 보면 식생의 개화 시기 또는 개엽 시기가 빨라진다는 것은 식생의 광합성이 시작되는 시기가 빨라진다는 것을 의미한다. 식생의 광합성 시기가 빨라지면서 대기 중 이산화탄소 흡수를 시작하는 하는 시기가 빨라지는 것이다. 미국 동부 지역의 산림 지대에서는 온대 수목의 개엽 시기가 빨라지면서 일 년 동안의 탄소흡수량이 증가했다고 알려져 있다. 식생의 생장기간이 늘어나 식생이 탄소를 흡수할 수 있는 시간이 늘어난 것이 전체 연간 탄소흡수량의 증가로 이어진 것이다. 다만 이러한 탄소흡수의 긍정적 효과는 토양에 수분이 충분하여 광합성의 생화학 기작에 무리가 가지 않는 상황에서만 가능한 것으로 알려져 있다. 예를 들어 겨울철 적설량이 적었던 해의 다음 봄에 지나치게 개엽 시기가 빨라진 경우 오히려 식생의 과도한 수분 사용으로 인해 여름철 식생이 잘 자라지 않기도 한다.

봄철 식생이 탄소를 흡수하기 위해 광합성을 하는 동안 반대로 증산작용을 통해 물이 기공을 통해 빠져 나간다. 이렇게 식물이 대기로 물을 내보내는 것을 증산작용^{transpiration}이라고 한다. 지구시스템에서 보면 지면에서 대기로 물을 보내는 과정을 증발산이라 한다. 여기서 증발은 보통 땅에서 대기로 빠져나가는 물을 의미하고 증산은 앞에서 말한 것과 같은 식물에서 대기로 빠져나가는 물을 의미한다. 전 지구적으로 보면 증발산의 약

60% 이상이 식물의 증산에 의한 것이며, 이렇게 빠져 나간 물의 약 30%는 그 지역에 내리는 비로 다시 돌아온다고 보면 된다. 그래서 식물의 증산은 지구시스템의 물 순환에 있어서 매우 중요한 역할을 한다. 그래서 결국 봄철 식생의 개엽 시기가 빨라지는 것은 식생에 의한 생물학적 펌프의 가동 시간이 빨라진다고 보면 좋을 것 같다. 그리고 그 펌프의 성능은 식생이 자라는 지역의 지표 및 지하수가 얼마나 풍부하냐에 따라 달라질 것이다.

봄철 식생의 광합성 시기에 빠져나가는 물은 지면을 데우는 에너지의 관점에서도 중요한 역할을 한다. 아침에 해가 뜨고 햇빛이 비치면 지면은 데워지고 서서히 온도가 올라간다. 그렇게 해서 대기도 데워지고 오후가 되면 점점 많은 양의 태양빛이 들어오면서 기온이 올라가는 것이다. 그런데 실제 태양에서 들어오는 에너지가 모두 지면을 데우는 것은 아니다. 지면으로 들어온 태양에너지는 대기를 데우는 현열, 증발산의 형태로 빠져나가는 잠열, 그리고 땅속으로 들어가는 지중열로 나뉘는데 여기서 현열과 잠열의 비율에 따라 온도 증가량이 달라지는 것이다. 보통 똑같은 양의 에너지가 지면으로 공급되더라도 잠열이 현열의 양보다 크면 더 시원하다고 생각하면 된다. 무더운 여름날 바닥에 물을 뿌리면 지면이 시원해지는 것과 같은 원리이다. 즉 많은 양의 에너지가 물의 증발로 빠져나가서 실제 그곳을 데우는 에너지가 줄었기 때문이다. 그래서 봄철 식생의 개엽 시기가 빨라져 증산작용이 과거보다 활발해지면 많은 양의 증산으로 인해 잠열이 늘어나고 이에 따라 공기가 시원해질 수 있는 것이다. 결국 식생은 봄철 온난화를 약화시키는 자연적 에어컨의 역할을 한다고 볼 수 있다.

지금까지 살펴본 탄소순환, 물 순환, 에너지 순환 관점에서의 개엽 시기의 변화는 어쩌면 모두 긍정적이라 볼 수 있다. 탄소를 더 흡수해주고 대기에 물을 공급하고 데워진 지면을 시원하게 해주는 역할을 하기 때문이다. 하지만 이러한 순기능이 앞으로 지속될 수 있을지는 의문이다. 조금 눈치가 빠른 분들은 이미 파악을 했겠지만 이러한 모든 순기능은 결국 충분한 물이 확보되어야 한다는 조건이 있다. 그러나 요즘 미디어에 자주 등장하는 이상기후 중 하나가 가뭄이다. 물이 부족하다는 시그널이 미디어를 통해 들려오는 것이다. 특히 2023년 봄 한국도 남부 지방에 심각한 가뭄을 겪었다. 비단 이러한 현상은 한국뿐 아니라 전 세계 곳곳에서 심각하게 나타나고 있다. 즉 이대로라면 더 이상 빨라지는 개엽 시기의 순기능을 기대하기 어려울지 모른다는 뜻이다. 아마 지면의 물이 말라간다면 개엽 시기의 변화를 포함한 모든 페놀로지 현상의 변화는 순기능의 정반대 방향으로 작용할 것이다.

차가운 불쏘시개를 찾습니다

말라가는 대지, 그리고 산불

요즘 들어 왜 이렇게 가뭄이나 건조해진다는 소식이 많이 들리는지 의아하게 생각하는 사람들이 많을 것이다. 과거보다 비가 적게 오거나 겨울에 눈이 적게 내리는 것인가? 물론 그런 지역도 있다. 우리가 발 딛고 서 있는 땅에 물을 공급하는 거의 유일한 원천은 하늘에서 내리는 비이기에 내리는 양이 줄어들면 가물 수밖에 없다. 물론 지하수가 풍부하다면 큰 문제가 없지 않겠나 생각할 수 있지만 결국 지하수도 비가 주요한 물의 공급원이긴 마찬가지다. 가뭄의 극단인 사막 같은 경우 연평균 강수량이 200mm 이하로 비를 거의 구경할 수 없는 지역이라고 보면 된다. 그런데 문제는 이렇게 비가 극단적으로 적게 내리는 지역이 아니라 크게 가뭄과는 상관없을 것 같은 지역에서 문제가 발생하고 있는 것이다.

문제의 핵심은 전 지구적인 온난화이다. 온실가스 증가로 인한 전 지구적인 온난화의 영향 때문에 땅이 마르고 대기가 건조해질 수 있는 것이다. 증발이 강해지기 때문이다. 온난화로 공기가 데워지면 따뜻해진 공기는 더 많은 수증기를 품을 수 있기 때문에 지면에서 강하게 물을 빨아들인다. 그래서 기온이 증가하면 땅에서 대기로 이동하는 증발이 강해지는 것이다. 만약 어떤 지역에서 강수량이 늘지 않고 매해 일정하게 내리더라도 매해 증가하는 기온으로 인해 특정 시점이 되면 땅에 물이 부족하게 되는 것이다. 지금 전 지구적으로 봤을 때 이러한 현상은 온대와 한대지역 또는 열대와 온대지역의 경계에서 주로 나타나고 있다, 건조지역과 습윤한 지역의 경계에서 증발에 의한 수분고갈 효과가 나타나면서 점점 더 건조한 지역이 늘어나게 되는 것이다. 결국 지구 전체적으로 보면 건조한 지역이 늘어나는 모양새이다. 그리고 추가적으로 이러한 지역에서 강수량마저 준다면 건조화 현상은 훨씬 더 빠르고 강력하게 진행될 것이다.

2018년 전 세계 많은 연구진들과 함께 IPCC 5차 보고서에 참여한 기후모델(지구시스템모델)들의 결과를 분석하여 2100년 이내에 건조화가 급격히 진행될 지역을 예측한 논문을 발표한 적이 있다(기후모델과 지구시스템모델에 대한 이야기는 뒤에서 좀 더 자세히 하도록 하겠다). 모델을 활용한 예측 결과 2050년이 되기 전에 호주, 유럽 지중해 지역, 미국 서부, 중국 남부, 인도 북부 등의 지역에서 심각한 건조화가 나타날 것이라 전망되었다. 그리고 그중 일부 지역은 지난 100년간 겪은 그 어떤 가뭄보다 심각한 가뭄이 이미 나타났다고 전망되었다. 아니나 다를까 우리의 연구 결과는 정확히 적중했다. 2021년과 2022년에 호주, 그리스, 캘리포니아 그리고 2023년 캐나다까지 말 그대로 어마어마한 산불이 발생했다. 우리의 예측에는 없었지만 2023년 섬

나라 하와이에서조차 역사적인 산불이 발생하여 전 세계를 놀라게 하였다. 물론 메커니즘이 조금 다르긴 했지만 결국 이 지역도 지난 몇십 년 이래 가장 건조한 대기의 특성을 보이고 있었다고 한다.

이러한 건조화의 영향은 한국도 피해갈 수 없었다. 2022년 울진을 포함한 동해안 지역에 아주 큰 산불이 났다. 불은 거의 일주일간 영동지역에 많은 피해를 끼치며 활활 타올랐다. 소방관, 군인, 공무원, 학생 등 많은 사람들이 투입되어 산불을 진화하려 했으나 결국 불을 끈 것은 사람이 아니라 일주일 만에 내린 비였다. 요즘 들어 발생하는 산불은 인간이 통제하기 힘들 정도이다. 사실 한국에서는 이런 불이 생소하지만 미국 캘리포니아의 산불이나 호주 산불 같은 경우도 인간이 통제할 수준이 아니기 때문에 그냥 비를 기다리는 수밖에 없다. 얼마나 인간이 미약한지를 정확히 보여주는 사례이다. 그런데 이런 통제 불능 수준의 산불이 한국에도 발생한 것이다. 우리 연구진은 이러한 산불의 원인을 파악하기 위해 영동지역의 지난 약 80년간의 기상 자료, 인공위성 측정 자료 등을 다각도로 분석한 결과, 아주 놀라운 사실을 하나 알게 되었다.

동해안 산불 역시 그곳의 지역규모 온난화가 아주 중요한 역할을 했다는 것이다. 물론 영동지역의 적설량이 조금 줄어들긴 했지만 가뭄이라고 말할 정도로 심각한 상황은 아니었다. 그런데 그곳의 기온은 매우 유의미하게 증가한 것으로 나타났다. 결국 푸른 숲으로 둘러싸인 영동지역은 습윤할 것이라는 기대를 저버린 것이다. 그곳의 대기와 지면은 매우 건조한 상태였기에 불이 붙으면 크게 날 수밖에 없는 상황이었다. 마치 캠핑을 갈 때 사용하는 마른 장작이 바싹 말라 있어 아주 불이 잘 붙는 것과 같은 양상이었다. 게다가 이 지역의 지형적 특성으로 인해 발생하는 양간지풍이라는 강력한 바람이 불쏘시개 역할을 하여 산불이 아주 활활 잘 타도록 도움을 준 꼴이 되어버렸다. 온난화로 인한 기후변화 그리고 지형적 특성이 더해져 역사에 남을 만한 산불이 되어버린 것이다.

대지가 말라가면서 산불이 빈번해지고 한 번 붙은 산불이 인간의 통제력을 벗어날 정도로 강하게 나면 정말 많은 피해가 발생할 수밖에 없다. 단순히 그곳의 나무가 타고 동물이 죽는 것으로 끝나지 않는다. 나무가 화재로 소실된다는 것은 나무를 구성하고 있던 탄소가 대기 중으로 빠져나간다는 것을 의미한다. 석탄을 태워서 에너지를 만들 때 석탄이 연소하여 대기로 빠져나가는 인위적 탄소배출과 같은 양상이다. 게다가 나무가 타버렸기 때문에 더 이상 그곳은 탄소를 흡수하는 지역이 아니라 토양에서 탄소가 빠져나가는 배출 지역이 되어버리는 것이다. 화재로 인해 타버린 나무의 재는 물로 들어가 수생태계를 파괴하고 뜨겁게 달구어진 바위는 결국 깨져버리고 만다. 나무가 사라지고 까맣게 그을린 토양은 하늘에서 내리쬐는 태양에너지를 그대로 흡수하여 다시 땅을 데우는 역할을 한다. 증산작용을 통해 땅을 식혀줄 나무가 사라졌기 때문에 대지는 더욱 더 뜨거워져 더 건조해질 수밖에 없다. 정리하자면, 온난화로 인한 건조화로 산불이 강해지고 지역기후 온난화를 강화시키는 양의 피드백 효과가 발생한 것이다.

산불로 인한 피해 중 우리가 반드시 알아야 할 점이 하나 있다. 바로 미세먼지다. 산불이 발생하면 미세먼지를 유발할 수 있는 전구물질인 일산화탄소 가스가 발생한다. 그리고 입자상 물질인 다양한 에어로졸 또한 늘어날 수밖에 없다. 2022년 동해안 산불이 발생한 동안 우리 연구진은 동해안에 설치된 미세먼지 측정 장비에 기록된 입자들의 특성을 살펴본 결과 매우 놀라운 점을 발견하였다. 흔히 산불이 발생하면 PM(Particulate Matter)10처럼 입자의 크기가 큰 미세먼지의 농도가 증가하는 것으로 알려져 있었지만 실제 영동지역의 측정 결과를 보면 PM1과 같은 초미세먼지가 급격히 늘어난 것을 발견할 수 있었다. 일반적으로 입자의 크기가 작은 초미세먼지는 인간의 건강에 매우 안 좋은 영향을 끼칠 수 있는 것으로 알려져 있기에 앞으로 산불 발생 시 대기질의 변화에 대한 대비를 철저히 해야 한다.

미세먼지, 길을 잃은 꿀벌 그리고 흔들리는 생태계

산불로 인한 미세먼지를 넘어서 일반적으로 대기 중에 존재하는 미세먼지 또한 기후위기 시대에 중요하게 다루어야 할 이슈다. 미세먼지는 다양한 형태로 대기 중에 존재하며 인간뿐만 아니라 동물이나 곤충생태계에도 우려할 만한 영향을 끼칠 수 있다. 특히 인간과 반드시 공존이 필요한 곤충, 꿀벌에 대한 영향이다. 인간이 의존하는 전 세계 작물의 90% 이상이 벌과 나비 같은 곤충에 의한 수분매개가 필요하기 때문이다. 많은 사람이 매일 아침 즐겨 마시는 커피 또한 벌에 의존하고 있으며 사과, 토마토, 아몬드 등 사람들이 즐겨 찾는 과일과 곡물 또한 꿀벌의 도움이 반드시 필요하다. 그래서 흔히 꿀벌이 사라지면 인간은 존재할 수 없다고 하는 것이다. 꿀벌은 아주 작지만 그 어떤 곤충보다 부지런히 일하면서 식물의 번식과 생태계 다양성 유지에 필수적인 역할을 하고 있다.

최근 들어 전 세계 많은 지역에서 꿀벌이 사라지고 있다는 보고가 들려왔다. 과도한 농약 사용, 빨라지는 개화 시기, 온난화, 폭염, 집중호우, 질병 확산(응애), 늘어난 말벌 등 여러 가지 요인이 꿀벌의 실종에 대한 요인으로 지목되었다. 이에 더하여 한국과 같이 미세먼지가 심한 지역은 미세먼지 또한 꿀벌의 활동에 영향을 끼칠 수 있다는 가능성이 제기되었다. 꿀벌이 비행을 할 때 가장 중요한 것은 태양의 위치이다. 꿀벌은 태양 주위에 나타나는 편광을 보고 길을 찾아가기에 미세먼지가 편광에 영향을 끼치게 된다면 꿀벌의 비행에 영향을 끼칠 수 있기 때문이다. 여기서 편광이란 태양에서 오는 빛의 진동이 한쪽으로 치우치는 것을 의미하는데, 애초에 태양에서 오는 빛은 한쪽으로 치우치지 않고 모든 방향으로 진동하지만 공기 속의 산소와 같은 입자와 빛이 충돌하면서 빛이 한쪽으로 치우치게 된다. 꿀벌은 이렇게 한 방향으로 치우친 빛의 편광 정보를 활용하여 비행을 하는 것이다. 따라서 대기 중에 미세먼지 농도가 높아 편광 정보가 소멸된다면 꿀벌의 비행에 장해 요소가 될 것이다.

우리 연구진은 이러한 편광 정보의 소멸과 꿀벌의 비행에 관한 미스터리를 풀기 위해 꿀벌의 등에 무선주파수인식시스템(RFID: Radio Frequency IDentification)을 부착하여 꿀벌의 채밀 시간을 조사해보았다. 약 400마리 꿀벌의 등에 RFID를 부착하여 꿀벌이 채밀을 나가는 시간과 돌아오는 시간을 조사하였다. 먼저 미세먼지가 심한 날은 일반적인 맑은 날에 비하여 편광 정보가 약 15% 정도 소멸하였고, 이에 따라 꿀벌의 채밀 시간이 증가했다. 맑은 날 평균 45분 정도 걸리던 채밀 시간이 미세먼지가 심한 날 77분이 걸려 약 두 배가량 늘어난 것이다. 처음 이 결과를 접한 순간 우리의 가설이 맞아떨어져 너무 기뻤다. 그런데 그러한 기쁨도 잠시 내 머릿속은 매우 복잡해졌다. 우리가 과연 꿀벌에 대해 제대로 알고 있는 것인가? 사실 이번에 밝혀진 미세먼지처럼 새로운 위협 요인이 많을 것이라 추정된다.

미세먼지가 직접적인 기후변화의 결과는 아니지만 아주 큰 관련성이 있다. 미세먼지를 유발하는 주요 발생원이 기후변화를 유발하는 온실가스 배출원과 거의 똑같기 때문이다. 예를 들어 석탄을 연소하는 화력발전소는 일산화탄소, 이산화질소 등 막대한 양의 미세먼지 전구물질을 발생시키는 것으로 알려져 있다. 그런데 사실 누구나 알고 있듯이 화력발전소는 이산화탄소를 배출하는 주요 온실가스 배출원이다. 석탄이 완전연소를 할 때 이산화탄소를 배출하고 불완전 연소가 되면 일산화탄소 같은 미세먼지 전구물질이 배출된다. 따라서 미세먼지를 줄이는 문제는 기후변화와 매우 밀접한 관련이 있다. 결국 기후변화 유발물질을 줄이면 벌의 비행에 영향을 끼치는 미세먼지를 줄이는 일이 된다는 공편익**co-benefit**이 발생한다.

기후변화 유발 물질의 관점을 벗어나 기후변화의 영향을 고려했을 때도 미세먼지는 매우 큰 관련성이 있다. 최근 들어 기후변화로 인해 바람이 약해지는 경향이 나타나는 지역이 있다. 학문적으로는 윈드 스틸링**Wind stilling**이라고 한다. 바람이 서서히 약해져 대기의 순환이 잘 안 되면 미세먼지가 바람의 확산을 통해 빠져나가지 못하고 대기 중 농도가 높아지기 때문이다. 이건 마치 창문이 닫힌 방 안에서 담배 연기가 못 빠져나가 계속해서

연기가 자욱한 상황과 똑같다. 즉 미세먼지를 배출하는 배출원을 통제하여 미세먼지의 절대적인 배출량을 줄이더라도 바람이 불지 않으면 오히려 미세먼지가 쌓여 농도가 높아지는 것처럼 보이는 것이다. 이렇게 되면 그 지역에 서식하는 꿀벌은 당연히 비행에 영향을 받게 될 것이다.

결국 기후변화의 원인과 결과가 모두 꿀벌의 삶에 지대한 영향을 끼치는 것으로 생각된다. 이처럼 기후변화는 이제 단순히 지구 곳곳의 온도를 끓어오르게 하고 대지를 마르게 하는 가뭄을 불러오고 산불을 강하게 만들기만 하는 것이 아니라, 지구에서 가장 작은 몸집을 가진 곤충에게조차 고통을 가하고 있다. 그리고 그 작은 몸집의 꿀벌이 위태로워지면 우리도 위태로워질 것이다. 왜냐고? 벌은 중요한 수분매개자로서 여러분이 매일 마시는 커피부터 시작하여 밥상의 반찬들 대부분이 수분매개가 필요한 재료로 만들어진 것이기 때문이다. 다른 건 모르겠지만 만약 커피가 사라진다면 나는 정말 위태로워질 것이 확실하다. 나에겐 벌을 지켜야 할 충분한 명분이다.

기후변화의 미래

지금까지 살펴본 것처럼 인간에 의한 무자비한 탄소배출은 온도만 증가시킨 것이 아니라 지구시스템을 구성하는 많은 요소를 변화시켰다. 그럼 이제 우리가 살아갈 내일, 모레, 일 년, 십 년, 더 먼 미래의 지구는 어떻게 변화할 것인가? 지금처럼 지구의 생태계는 점점 힘을 잃어갈 것인가. 이제부터 우리가 살아갈 미래의 지구를 알아보면 좋겠다.

사실 내일의 날씨가 어떻게 바뀔지 예측하기도 힘든 마당에 10년, 20년 그리고 더 멀리 100년 후의 기후가 어떻게 바뀔 것인지 예측하는 것은 너무 어려운 일이다. 기후를 연구하는 기후과학자들은 미래 기후변화를 예측하기 위해서 지구시스템모델 Earth system model이라는 컴퓨터기반 수치Numerical 모델을 이용한다. 지구시스템모델은 지구시스템을 구성하는 여러 개의 권sphere 즉, 대기권, 수권, 빙권 등에서 일어나는 모든 일련의 물리, 화학, 생물학적 과정을 에너지, 열, 물질 순환의 법칙에 맞춰 수학적으로 표현한 모델이다. 바로 이렇게 수학적으로 표현하기에 수치라는 말이 모델 앞에 붙어 있다. 이렇게 수학적으로 만들어진 모델은 컴퓨터에서 가상의 지구로 표현되고 우리는 이러한 가상의 지구를 이용하여 여러 가지 실험을 할 수 있는 것이다.

수백 년의 기후과학 역사를 통해 증명된 한 가지 분명한 사실은 인간 활동으로 인한 대기 중 온실가스 농도 증가가 기후변화의 핵심 요인이라는 것이다. 물론 자연변동성의 역할도 없지 않지만 인간 활동에 의한 기여도에 비하면 그 영향력은 미미하다.

그래서 우리는 지구시스템모델을 활용하여 컴퓨터 속 가상의 지구 대기 중 온실가스 농도를 늘려주는 실험을 통해 인간 활동으로 인한 온실가스 농도 증가가 기후를 바꿀 수 있는지 확인하고 검증할 수 있는 것이다. 다시 반복되는 이야기이긴 하지만, 인간이 오랜 시간동안 매일매일 기록한 기온 측정 자료를 통해 확인한 기온의 상승 즉 온난화를 이러한 지구시스템모델로 확인할 수 있었다. 그래서 우리는 과거의 기후변화를 검증하던 방법으로 미래를 예측할 수 있다는 아이디어를 얻은 셈이다. 컴퓨터 속 지구시스템모델에 앞으로 우리가 온실가스를 얼마나 배출할 것인지를 알려주면 가상의 지구가 온실가스 증가에 따라 어떻게 반응할지 계산할 것이기 때문이다.

결국 우리가 지금 미래 기후변화라고 말하는 것은 우리가 얼마나 온실가스를 배출할 것이냐에 따라 달라질 수 있는 것이다. 그래서 기후변화의 미래를 예측하기에 앞서 앞으로 우리가 얼마만큼 온실가스를 배출할 것인지를 결정하고 그에 따른 미래 온실가스 배출의 시나리오를 작성한다. 영화의 시나리오처럼 우리가 가상의 이야기를 만들어가는 것이다. 실제로 현재 IPCC가 발간하는 기후변화 보고서의 미래 기후변화 역시 이렇게 시나리오에 기반하고 있다. 지금 우리가 주로 쓰는 시나리오는 여러 가지가 있지만 간단히 언급하자면 지금처럼 흥청망청 아무 규제 없이 온실가스를 배출하는 시나리오, 느슨한 규제로 가다가 점점 강한 규제로 들어가는 시나리오, 2050 탄소중립을 달성하는 시나리오, 아주 희망적으로 탄소중립뿐만 아니라 현재 공기 중 온실가스도 일부 제거하는 놀라운 탄소감축 시나리오 등이 있다. 우리는 이러한 시나리오를 기반으로 온실가스를 컴퓨터 속 지구시스템모델에 투영하여 제각기 다른 온실가스의 양에 따라 미래 기후변화의 양상이 어떻게 달라지는지 예측하는 것이다.

시나리오 중에 우리가 주목할 점은 아주 나쁜 시나리오와 긍정적인 시나리오 즉 그 어떤 규제도 없이 온실가스가 늘어나는 시나리오와 지속적인 노력으로 온실가스 배출을 줄이는 시나리오이다. 이렇게 극단적으로 다른 두 개의 시나리오가 존재하는 이유는 간단하다. 우리가 절대 가서는 안 될 길과 가야만 하는 길에 대한 기준이 필요하기 때문이다. 여기서 한 가지 주목할 만한 점이 있다. 기후변화의 미래를 보여주는 가장 최신의 예측 정보는 IPCC가 발간한 기후변화 보고서의 2021년 6차 보고서에 실려 있다. 6차 보고서의 과학편 중 기후 예측 부분을 보면 1850년부터 2015년을 과거에 대한 기후변화 시뮬레이션, 즉 2015년까지는 지나온 기후변화에 대한 모사를 하는 것이고, 2016년부터 2100년까지는 미래 예측이라는 전망치를 제공하고 있다. 흥미로운 점은 현재 우리가 2024년에 살고 있기에 우리가 2015년 기준으로 미래라고 설정한 세상에 있는 것이다.

그래서 지금 우리가 설정했던 가상의 시나리오 중 어떤 시나리오에 살고 있는지 확인이 가능하다. 과연 우리는 어떤 미래에 도달했을까. 결과는 아주 놀랍다. 우리는 아주 나쁜 시나리오에 살고 있다. 처음 얘기했던 아무 규제 없이 흥청망청 온실가스를 배출하는 시나리오에 해당하는 탄소배출을 하고 있는 것으로 나타난 것이다.

결국 이렇게 많은 온실가스를 배출했기에 기후변화가 인간에게 극단적인 피해를 끼치는 위기를 초래할 만큼 심각해진 것은 당연하다. 많은 과학자들이 어떤 일이 있어도 지구 평균기온을 산업화 이후 1.5℃ 이상 올라가지 않게 막아야 한다고 얘기하고 있지만, 2023년 12월 기준 이미 1.4℃에 도달하는 비극이 벌어졌다. 2030년까지 여유가 있을 것이라고 한 낙관적 전망이 한 방에 무너진 참담한 결과다. 하지만 지금 이 현실이 전혀 이상한 결과는 아니다. 다시 말하지만 우리는 정확히 최악의 시나리오에 살고 있기 때문이다. 그리고 앞으로도 계속 이러한 경로를 벗어나지 않는다면 지구의 평균기온은 21세기 말 산업화 이후 6℃를 초과할 것으로 예상한다. 그러면 어떤 일이 벌어질 것인지, 상상만 해도 섬찟하나. 지금까지 앞에서 언급했던 모든 생태계의 변화는 변화를 넘어 소멸로 향해 갈 것임을 명심해야 한다. 예를 들어 온난화로 집 앞 공원의 개화가 빨라지는 것이 아니라 그 꽃을 더 이상 그곳에서 볼 수 없게 될 것이다.

탄소중립선언

지금까지 인간이 기후를 바꾸어 놓은 것처럼 한 가지 분명한 사실은 미래의 기후변화 또한 우리가 결정한다는 것이다. 앞서 얘기한 것처럼 문제의 본질은 인간이 앞으로 얼마나 많은 양의 온실가스를 배출하느냐에 달려 있기 때문인 것이다. 극단적인 지구시스템의 변화를 막을 수 있는 것도 결국 인간의 역할이다. 물론 지구시스템이 겪고 있는 변화가 선형적일지 비선형적일지 아직은 잘 알지 못한다. 우리가 엄청난 노력을 통해 증가하는 기온을 낮출 수 있다면 그동안 온난화로 인해 녹은 빙하가 다시 얼어붙을지, 극단적으로 빨라진 개화가 다시 늦어질 것인지, 북반구 고위도로 계속 북상하는 산림의 북방한계선이 다시 중위도로 내려올 것인지 예상하기는 어렵다. 정말 한 번도 가지 않은 길이라 도저히 예측할 수 없는 일이다. 하지만 그렇다고 이대로 그냥 있을 수는 없다. 그래서 지금 우리는 탄소중립을 해야 한다.

탄소중립의 개념에서 보았듯이, 인류는 앞으로 지구시스템이 흡수할 수 있을 만큼만 배출을 하면 되는 것이다. 그런데 만약 우리가 더 많은 배출을 할 수밖에 없다면 인위적인 기술을 이용하여 흡수량을 증가시키면 된다. 이렇게 된다면 인간 활동으로 인한 탄소배출이 대기 중으로 들어가 더 이상 대기 중 농도가 올라가는 일이 없게 된다. 그러면 이미 대기 중에 존재하는 나이가 많은 오래된 탄소부터 서서히 사라져 시간이 한참 지나면 농도가 서서히 떨어질 것이다. 지금 이것이 기후변화를 막는 가장 강력한 방법, 탄소중립이다. 글의 서두에 언급한 것처럼 현재 탄소수지에서 보면 지구의 자연생태계가 거의 배출량의 50%를 흡수하고 있지만, 지금까지 살펴본 결과에 따르면 지구 생태계가 앞으로 지금처럼 열심히 우리의 탄소배출을 흡수해줄지 담보할 수 없다. 50%가 아니라 40%, 30%로 점점 떨어질 것처럼 보인다. 그렇다면 우리는 오히려 지금보다 더 강력한 배출량 감축을 해야만 하는 것이다.

이러한 시대적 숙명으로 인해 많은 국가들이 2021년 제26차 유엔기후변화협약 UNFCCC(United National Framework Conventions on Climate Change) 당사국 총회(COP26)를 기점으로 탄소중립을 선언했다. 미국, 일본, 한국, 유럽 등이 2050년까지 탄소중립을 선언했고, 지금 가장 많은 배출을 하는 중국도 2060년까지 탄소중립을 선언했다. 그리고 각 국가는 그들의 실정에 맞게 다양한 전략으로 배출량 감축을 위한 전략을 발표했다.

COP26 기간에 맞춰 여러 국가들이 탄소중립을 발표했지만, 사실 이러한 발표에 도달하기까지 국제사회에서는 기후변화 대응과 관련한 다양한 노력이 있었다. 1992년 브라질 리우에서의 기후변화 협약, 1997년에 체결된 교토 의정서와 같이 이미 30년 전부터 기후변화에 대응하기 위한 국제적인 협력이 있었다. 하지만 이러한 노력에도 불구하고 인간의 경제 및 산업 활동으로 인한 탄소배출량은 지속적으로 증가하여 우려하던 기후위기 징후가 결국 현실이 되었다. 심각한 기후변화의 피해를 막기 위해 국제사회는 더욱 강력하고 실효성 있는 약속을 하기 위해 2015년 12월에 프랑스 파리에 모여 새로운 협정을 채택하게 되었다. 파리협정은 유엔 기후변화 회의에서 채택된 기념비적인 조약으로, 전 세계 195개국이 만장일치로 온실가스 배출량을 줄이고 온도 상승폭을 제한하기로 결의했다. 2100년 지구 평균온도 상승폭을 산업화 이전 대비 2℃ 이하로 유지하고, 더 나아가 온도 상승을 1.5℃ 이내로 제한하기 위해 함께 노력하기로 한 것이다. 국제사회의 결의에 따라 파리협정에 참여한 국가들은 온실가스 감축을 위한 자발적 목표를 설정하고 국제사회는 앞으로 그 이행에 대하여 공동으로 검증하게 된다.

이러한 역사적 배경으로 인해 2018년 IPCC는 지구온난화 1.5℃ 특별보고서를 통해 보다 강화된 목표인 2050년까지 탄소 순 배출량이 0이 되는 탄소중립을 달성해야 한다고 제시하게 되었던 것이다. 전 지구적으로 지구 평균 온도 상승을 1.5℃ 이내로 제어하기 위해서는 2010년 대비 2030년까지 탄소배출량을 45% 이상 감축하고, 2050년까지 전 지구 탄소중립이 달

차가운 불쏘시개를 찾습니다

성되어야 한다고 밝혔다. 이것이 바로 탄소중립이라는 말이 국제사회에 등장하게 된 배경이다. 여담으로 탄소중립의 출발점이 된 1.5℃ 특별보고서는 한국 인천에 위치한 송도에서 채결되었다. 지구를 살리기 위한 인류의 위대한 첫걸음이 대한민국에서 시작된 것이다. 얼마나 자랑스러운 일인가.

IPCC 1.5℃ 특별보고서 이후 기후위기에 적극적으로 대응하기 위하여 2019년 9월 뉴욕에서 기후행동 정상회의가 개최되었고, 2019년 12월에 제25차 기후변화 당사국 총회(COP25)가 열렸다. 온실가스 감축뿐만 아니라 기후적응, 기후위기 대응을 위한 재정 지원, 기후기술 지원, 대응 역량 강화, 투명성 등 기후변화 대응 관련 모든 요소를 포함하고 선진국과 개도국을 모두 포함하는 신기후체제인 파리협정에 따라 모든 당사국은 1.5℃ 제한을 달성하기 위한 장기 저탄소 발전 전략과 국가 온실가스 감축 목표(NDC, Nationally Determined Confrybution)를 2020년까지 UN에 제출하기로 합의했다. 여기서 투명성 제도 구축은 기후변화 대응 활동과 지원에 대한 사항을 보고하고 검토하는 체계적 절차와 지침 수립 협상을 의미한다.

정리하면 1992년 브라질 리우를 시작으로 30년 가까이 진행했던 국제사회의 논의가 기후위기 대응을 위해 부족했음을 인식하고, 실질적인 기후변화 완화를 이끌어내기 위해 참여 국가들은 투명한 정보공개를 통해 국제사회의 약속에 따라 검증을 하라는 것이다. 그리고 COP26에 이르러 많은 국가가 탄소중립을 선언하게 된 것이다. 돌이켜보면 지지부진했고 오래 걸렸지만 이제 더 이상의 후퇴는 없고 모두 약속한 대로 잘 이행하는 일만 남았다. 여기서 모두가 탄소중립을 위해 노력하지 않으면 우리의 집 지구는 더 이상 지속가능한 행성으로 이 우주에 남지 못할 것이다.

국제사회의 약속 그리고 혁신적 검증

앞서 탄소중립 선언의 역사적 배경에서 보았듯이 인류는 전 지구 탄소중립 달성을 위해 UNFCCC를 통한 국제협력을 도모하고 있다. 구체적으로 UNFCCC는 기후변화를 막고 지구온난화 방지를 위해 온실가스의 인위적 배출을 규제하기 위한 협약으로, 1992년 6월 브라질 리우에서 열린 리우회의에서 채택되어 1994년 발효되었다. 한국도 1993년 비준하여 47번째로 협약에 가입하였으며 현재 192개 국가가 여기에 참여하고 있다. 협약에 따르면 가입국은 온실가스 배출, 흡수 현황에 대한 국가 통계 및 정책 이행에 관한 국가 보고서 작성, 온실가스 배출을 감축하기 위한 국내 정책 수립, 온실가스 배출량 감축 권고 등의 업무를 수행해야 한다. 그리고 2015년 파리에서 열린 파리

차가운 불쏘시개를 찾습니다

기후변화협약(파리협정)에 따라 기후변화 대응을 위한 온실가스 감축 이행평가를 실시하게 되었다. 바로 전 지구 이행평가(GST, Global Stocktake)이다. 2023년 11월 두바이에서 열린 COP28이 그 첫 번째 이행점검이었고 5년마다 국가의 온실가스 감축 현황을 점검, 평가하게 된다. 한마디로 지구라는 하나의 행성에 사는 모든 구성원이 지속가능한 지구에 거주할 수 있기 위해 노력을 하자는 것이다. 그리고 단순한 노력이 아니라 이제 조금은 불편하지만 국제사회의 규범을 만들고 그것에 맞게 잘하는지 못하는지 함께 점검하자는 것이다.

최근에는 이러한 국제사회의 규범과 같은 이행평가 체계를 넘어, 최첨단 과학기술을 활용한 온실가스 검증 체계도 등장하게 되었다. 누구나 예상할 수 있겠지만 사실 자발적 보고라는 방법은 많은 약점을 가질 수밖에 없기 때문이다. 의도하거나 의도치 않은 탄소배출량의 누락 또는 정확하지 않은 산정체계 등 약점이 존재할 수밖에 없다. 그래서 과학자들은 이러한 온실가스 검증 체계의 개선을 위해 여러 가지 과학기술에 기반을 둔 검증 방법을 개발 중이다. 특히 한 가지 흥미로운 방법이 인공위성을 이용한 온실가스 모니터링이다. 아주 간단히 말하면 눈에 잘 보이지 않을 만큼 저 멀리 500~700km에 떠 있는 인공위성이 우리 동네 굴뚝에서 나오는 이산화탄소의 농도를 측정하여 그 굴뚝에서 얼마만큼 탄소가 배출되는지 배출량을 산정하는 것이다. 놀랍지 않은가. 지금 인간의 기술이 이 정도로 강력하다.

여기서 잠깐 지구의 환경을 모니터링하는 인공위성에 대해 얘기하자면 위성은 비행 방식에 따라 극궤도(저궤도) 위성과 정지궤도 위성으로 나눌 수 있다. 극궤도 위성은 매일 지구의 북극에서 남극을 거쳐 전 지구를 빙글빙글 돌면서 여러 지역의 정보를 수집할 수 있으며, 주로 상대적으로 낮은 고도에서 측정을 해서 저궤도 위성이라고 불리기도 한다. 반면에 정지궤도 위성은 정해진 지역을 지속적으로 모니터링하며 상대적으로 고도가 높은 곳에 위치하는 특징을 가지고 있다. 보통 극궤도는 한 지역의 정보를 지속적으로 모니터링하기보다는 다양한 지역의 정보를 수집하여 시간 정보는 약하지만 공간 정보는 강한 장점을 가지고 있으며, 정지궤도는 한 지역을 꾸준히 모니터링하기 때문에 공간정보는 상대적으로 떨어지지만 지속적인 모니터링을 통해 시간 정보가 풍부한 장점을 가지고 있다. 그래서 보통 정지궤도 위성은 일기예보에 필요한 구름의 위치 파악 및 이동, 강수, 바람의 이동 같은 정보를 수집하고 극궤도 위성은 전 지구를 대상으로 육지의 식생정보, 해수면 온도, 토지 피복 등의 정보 획득을 위해 사용한다.

현재 지구상에 존재하는 온실가스 모니터링 위성은 모두 극궤도 위성이다. 그래서 한 지역의 24시간 연속정보 획득은 어렵지만 전 지구의 다양한 지역의 온실가스 배출에 대한 정보를 산

차가운 불쏘시개를 찾습니다

출하고 있다. 인류 최초의 온실가스 위성은 2009년에 처음 발사된 일본의 GOSAT(Greenhouse Gases Observing Satellite)이다. 그리고 뒤를 이어 미국항공우주국NASA의 OCO-2(Orbiting Carbon Observatory-2)가 2014년 발사되었다. 여기도 한 가지 흥미로운 점이 있다. 눈치가 빠른 분들은 왜 처음 쏘아 올린 위성의 이름에 2가 붙어 있지, 하고 이상하게 생각하실 수 있겠다. 맞다. 원래 2009년 일본이 온실가스 위성을 발사할 때 미국도 OCO-1을 같이 발사했으나 하늘에 닿기도 전에 공중에서 폭발해버린 것이다. 그래서 1은 없고 2부터 하늘에 떠 있는 것이다. 그리고 지금은 뒤를 이어 3호기인 OCO-3 또한 우리 머리 위를 날며 전 지구의 온실가스 농도를 측정하고 있다.

미국, 일본을 중심으로 한 위성기반 온실가스 모니터링에 추격자가 나타났다. 2016년 중국이 온실가스 측정 위성인 TanSat(CarbonSat)을 쏘아 올렸다. 여기에는 한 가지 흥미로운 뒷이야기가 있다. 중국은 온실가스 측정을 위한 위성 개발에는 크게 관심이 없었다. 그러나 미국이 온실가스 위성을 쏘아 올리자 황급히 위성 개발에 착수한 것이다. 미국 NASA는 2000년 초반 전 지구 인류를 위한 기후변화 대응을 위하여 기후변화를 유발하는 대기 중 이산화탄소의 거동에 대한 이해가 중요하다고 설파하며 위성 개발 계획을 내놓았다. 그런데 사실 그 이면에는 또 한 가지 재밌는 루머가 있다. 미국 정부는

1900년대 말부터 급격한 경제성장을 보였던 중국이 막대한 양의 탄소를 뿜어낼 것이라 예측했고 타국의 탄소배출을 모니터링할 수 있는 하나의 방법으로 위성을 선택한 것이다. 한 국가가 다른 국가의 온실가스 배출 현황을 파악할 수 있는 방법은 해당 국가가 국제사회에 제출하는 보고서밖에는 없다. 그렇다고 해당 국가를 방문하여 조사할 수는 없다. 만약 배출 시설의 굴뚝에서 나오는 온실가스를 살펴보기 위해 비행기라도 띄운다면 아마 격추당할 것이다. 그래서 결국 그 어떤 제재도 받지 않는 위성을 택한 것이다.

각론이 길어지긴 했지만 다시 본론으로 돌아가면 이렇게 다양한 국가의 연구기관에서 쏘아올린 위성들을 이용하면 실제 대기 중으로 배출되는 이산화탄소의 양을 측정할 수 있는 것이다. 요즘은 그 정확도 또한 바로 옆에서 직접 대기 중 온실가스를 측정하는 관측 장비의 수준과 크게 다르지 않다. 결국 인공위성이 아무리 멀리 하늘 위에 있더라도 우리가 잘 활용한다면 충분히 이산화탄소의 배출량을 검증할 수 있는 기술로 활용할 수 있는 것이다. 앞에서 언급한 것처럼 지금 지구상 거의 모든 국가는 자국의 온실가스 배출량을 보고해야 하고 한편으로는 보고한 배출량의 정확도와 신뢰도에 대한 검증을 어떻게 할지 고민이 많은 상황이다. 그래서 위성을 통한 이산화탄소 모니터링이 이런 고민을 해결할 것이라 기대하고 있다. 다시 한 번 강조하

차가운 불쏘시개를 찾습니다

자면 분명한 사실 하나는 자발적 보고를 검증할 기술은 존재한다는 것이다. 앞으로 이런 기술들이 더 등장할 것이며 탄소중립을 위해 투명하게 배출량 보고를 하라는 일종의 경고로 봐도 좋을 것 같다. 이제 전 지구 탄소중립을 논하는 시기에 배출량을 속일 수 있는 방법을 찾기는 점점 어려워질 것이다.

탄소중립 달성을 위한 에너지 전환

사실 기후변화의 피해로부터 살아남기 위해서 제일 필요한 일은 지금부터 대기 중으로 단 한 조각의 탄소도 넣지 않는 것이다. 그러나 사실 이것은 거의 불가능하다. 어쩌면 거의가 아니라 절대 불가능하다는 표현이 맞을지 모르겠다. 단 하나의 유일한 방법은 지구상에서 인위적 연소를 일으킬 수 있는 존재인 인간이 사라지는 것이다. 그래서 불가능하다는 것이다. 하지만 인류는 기후변화에 대응해야 하기 때문에 탄소배출 제로는 힘들더라도 탄소중립을 이루기 위해 다양한 해법을 찾으려는 노력을 시작했다.

한국도 탄소중립 선언과 함께 정부, 기업, 학계, 민간단체 등 다양한 집단에서 여러 가지 전략을 제시하고 있다. 기본적으로 탄소배출은 인간의 경제활동으로 인한 산물이기에 경제를 중심으로 한 전략이 도출되었다. 구체적으로 보면 국가 경제구조의 저탄소화, 새로운 저탄소 산업생태계의 조성, 탄소중립 사회로의 공정한 전환이 주요한 전략이라고 볼 수 있다. 먼저 경제구조의 저탄소화란 것은 경제구조의 모든 영역에서 저탄소화를 추진하는 것이다. 탄소중립의 핵심인 온실가스 배출량 감축을 위해서는 탄소배출과 직결되어 있는 국가 경제에 대한 이해 및 변화가 필요하기 때문이다. 예를 들어 우리나라 전체 온실가스 배출량의 90% 이상이 발전·산업·건물·수송 분야에 집중되어 있기에 이들 분야에 대해 기술 개발을 지원하거나 제도를 개선하여 온실가스 감축을 유도하는 것을 의미한다.

특히 가장 중요하다고 할 수 있는 것은 가장 많은 배출을 하는 에너지 부문에 대한 변화이며, 이것이 바로 흔히 말하는 에너지 전환이다. 현재 우리나라에서 화석연료 기반 전력 생산 비율, 그중에서도 석탄 화력의 발전 비율이 매우 높은 수준이다. 게다가 동일한 양의 에너지를 생산할 때 석탄을 연료로 사용한다면 다른 연료를 사용할 때에 비해 더 많은 양의 탄소를 대기 중으로 배출하는 것으로 알려져 있다. 따라서 화석연료 기반 발전 비중을 줄이고 이를 재생에너지와 수소 같은 무탄소 에너지원으로 발전을 하는 것이 에너지 전환인 것이다.

그렇다면 과연 이러한 에너지 전환은 말처럼 간단하게 이루어질 것인가. 에너지 전환을 이루기 위해서는 먼저 화석연료 중심

차가운 불쏘시개를 찾습니다

의 전력 공급 구조가 재생에너지 중심으로 바뀌어야 한다. 이러한 전환을 유도하기 위해 화석연료 가격에 기후변화로 인한 피해를 투영한 사회적 비용을 반영하여 가격을 상승하게 하여 재생에너지가 우위를 점할 수 있게 하는 것이 하나의 전략으로 제시되고 있다. 그리고 태양광과 풍력 같은 재생에너지는 날씨의 변화에 매우 민감하게 반응하기 때문에 재생에너지의 간헐성이라고 불리는 날씨 민감도의 문제를 해결하기 위해 에너지 저장장치(ESS: Energy Storage System)를 개발하여 확대 보급하려고 한다. ESS란 간단히 말해 전기를 남을 때는 저장하고 모자랄 때 꺼내 쓸 수 있는 저장장치라고 생각하면 된다. 그래서 극심한 날씨 변동으로 인한 전력 공급의 불안정 문제를 해결할 수 있는 것이다.

재생에너지로의 에너지 전환에 있어서 또 하나 중요한 점은 전력계통망을 재생에너지 친화적 구조로 바꾸는 것이다. 전력계통망이란 에너지가 발전되고 보급되는 과정이라고 보면 좋을 것 같다. ESS가 모든 문제를 극복해줄 수 없기 때문에 조금이라도 남은 에너지 공급의 변동성에 대응하기 위해 송배전망을 확충하고, 전력의 자가소비를 적극 권장하는 분산형 에너지 시스템이 최근 도입되었다. 여기서 분산형 에너지 시스템에 대해 간단히 이해를 해보면 좋을 것 같다. 보통 우리가 전기를 사용하기 위해서는 전기를 만드는 발전소가 필요하다. 현재 우리나라는 주요 발전시설인 원자력, 화력 발전소들이 전기를 많이 쓰는 도시나 산업단지에 있는 것이 아니라 안전과 오염 피해를 최소로 하기 위해 도시 외곽이나 해안가에 위치하고 있다. 그래서 이런 발전소에서 생산된 전기가 100% 온전하게 최종 수요처로 전달되는 것은 어려운 실정이다. 거리가 멀기 때문에 송배전 선로를 따라 전달되는 과정에서 전력 손실이 필연적이기 때문이다. 그래서 실제 수요처가 필요한 양보다 많은 발전을 해야 하며 이는 전력의 낭비로 이어지고 있다. 현재 구조대로라면 쓰지도 않는 전기를 생산하는 과정에서 더 많은 탄소가 배출될 수밖에 없는 구조라는 것이다.

하지만 분산형 에너지 시스템은 이런 형태가 아니라 전력 수요자가 생산의 주체가 될 수 있는 구조이다. 지역 간 또는 지역 내 송전망 배전시설의 효율성을 높이고 간편하게 만들기 위해 태양광이나 풍력과 같은 신재생에너지 자원을 이용한 소규모 발전 설비를 말한다. 결국 전체 전력 발전량의 많은 부분을 화력발전에 의지하는 우리나라는 친환경 분산형 에너지 시스템 도입이, 탄소중립을 위한 에너지 전환 가속화를 이루어내기 위해 필수적이라 볼 수 있다.

기후테크, 탄소중립 시대를 여는 새로운 산업혁명

지금까지 탄소배출의 관점에서 에너지를 논했다면 조금 시선을 바꾸어 누가 이렇게 많은 에너지 기반 탄소배출을 유발했는가를 살펴보자. 그것은 바로 산업이다. 인류는 산업혁명 이후로 화석연료를 이용한 연소를 통해 탄소를 마구 배출하며 끊임없이 에너지를 만들어냈다. 우리는 그렇게 획득한 에너지를 이용하여 원하면 언제 어디서나 물건을 만들어 편리하고 안락한 삶을 영위하고 있다. 하지만 문제는 어쩌면 자연스러울 것 같은 성장의 사이드이펙트(부작용)가 바로 기후변화라는 점이다. 앞에서 다룬 에너지 전환 이슈처럼 결국 우리가 기후변화로 인한 위기에 대응하기 위해서는 새로운 저탄소 산업의 탄생을 통해 배출량 감축이라는 숙명적 임무를 수행해야 한다는 것을 의미하기도 한다.

현실적으로 국내 온실가스 배출량을 면밀히 들여다보면, 산업은 간접 배출을 포함하여 국내 온실가스 전체 배출량의 약 56%를 차지한다. 정리하면 산업을 통해 배출되는 탄소를 줄여야 국가 전체 배출량 감축 그리고 더 나아가 탄소중립 달성이 가능해진다는 것을 뜻한다. 하지만 지금 국가의 경제성장을 리드하는 산업 분야는 탄소를 마구 내뿜는 철강, 석유화학 등과 같은 고탄소 산업이다. 그래서 지금부터는 고탄소 산업 주도의 경제 성장이 아닌 다른 방식의 경제 성장, 탄소배출을 줄이면서 경제가 성장할 수 있는 새로운 산업을 찾아야 하는 시간이 온 것이다.

최근에 새롭게 나타난 신조어 중에 기후테크란 말을 한 번쯤은 들어봤을 것이다. 뭔가 기후변화와 관련이 있을 것 같은데 여러 가지 다양한 분야에 등장하며 모호한 성격을 가졌던 단어였다. 그래서 우리나라에서는 대통령직속 2050 탄소중립녹색성장위원회(탄녹위)가 기후테크에 대한 정의를 새롭게 내리게 되었다. 기후테크를 '기후^{Climate}와 기술^{Technology}의 합성어로 기후위기 해결을 위한 온실가스 감축 및 기후 적응에 기여하는 모든 혁신 기술을 통해 수익을 창출하는 산업'이라고 새로이 정의하였다. 사실 그전에 유엔기후변화협약^{UNFCCC}하의 기술집행위원회 **Technology Executive Committee**에서는 기후테크를 '온실가스를 감축하거나 또는 기후변화에 적응하기 위한 어떠한 기기, 테크닉, 실용적 지식 또는 기술'로 정의하고 있었으며, 우리나라 기후변화 대응 기술개발 촉진법에 따르면 기후변화 대응 기술은 '온실가스를 감축하는 기술, 기후변화 적응에 기여하는 기술'이라는 두 가지 측면이 있다고 기술되어 있다. 정리해보면 기존의 기후테크는 기후기술, 즉 원천기술과 관련한 과학 및 공학기술에 집중한 것이라면, 탄녹위가 제시한 기후테크는 앞에서 언급한 과학 및 공학기술을 넘어 이러한 기술이 산업에 뿌리내리고 수익을 창출해내는 일련의 과정 및 결과를 포함한 더 큰 개념이라고 보면 좋을 것이다.

탄소중립을 달성하고 동시에 기후변화 피해를 줄여주는 기술을 통해 돈도 벌 수 있는, 한마디로 기후변화 시대의 게임체인저가 될 수 있는 기후테크는 어떤 분야가 있는지 살펴보자. 먼저 기후테크 내 여러 신업을 분류하는 기준은 다양하다. 기존 해외 투자사들이나 컨설팅사에서는 온실가스의 배출 발생원을 기반으로 분류하였다. 해당 기준에 따르면 기후테크 분야는 에너지, 모빌리티 및 운송, 식량, 농업 및 토지 이용, 중공업, 건설 환경, 온실가스의 포집 및 저장, 기후 및 지구 데이터 생성의 총 8개로 분류된다. 하지만 2023년 탄녹위에서는 탄소 저감 방식 및 기후적응 방식에 따라 5대 분야(카본, 클린, 푸드, 지오, 에코테크)로 나눌 것을 제시하였다. 구체적으로 카본테크^{Carbon Tech}는 공기 중 탄소포집·저장 및 탄소 감축 기술 개발 분야로, 직접포집이나 탄소포집 사용 및 저장을 포괄하는 '탄소포집', 제조업 공정 개선이나 탄소 저감 연료 사용에 해당하는 '공정혁신', 전기차, 차량용 배터리, 물류에 해당하는 '모빌리티' 분야로 나뉜다. 클린테크^{Clean Tech}는 재생·대체에너지 생산이나 분산화와 관련된 분야로, 세부 분야에는 재생에너지 생산이나 에너지 저장장치에 해당하는 '재생에너지', 가상발전소나 에너지 디지털화와 관련된 '에너지신산업', 원전, SMR, 수소, 핵융합 등 대체에너지에 해당하는 '탈탄소에너지'가 있다. 푸드테크Food Tech는 식품 생산·소비 및 작물재배 과정 중 탄소감축 분야로, 대체육, 세포배양육, 대체유 등의 '대체식품', 음식물쓰레기 절감, 친환경 포장, 식품 부산물 활용에 해당하는 '스마트식품', 친환경농업, 대체비료, 스마트팜에 해당하는 '에그테크' 분야로 나뉜다. 지오테크Geo Tech는 탄소관측 모니터링 및 기상정보 활용 사업화 분야로, 위성 탄소관측 및 기후감시·예측에 해당하는 '우주·기상' 분야, 물산업, 재난 방지 시설에 해당하는 '기후적응', 기후·탄소 데이터 컨설팅, 녹색 금융에 해당하는 'AI·데이터·금융'의 세부 분야로 구성되어 있다. 마지막으로 에코테크Eco Tech는 자원순환, 저탄소 원료 및 친환경 제품 개발 분야로, 자원 재활용이나 폐자원 원료화에 해당하는 '자원순환', 폐기물 배출량 감축 및 폐기물 관리 시스템에 해당하는 '폐기물 절감', 친환경 생활 소비제품에 해당하는 '업사이클링' 분야로 나뉜다.

다음으로 지금 기후테크 시장이 얼마나 성장하고 있는지 살펴보면 좋겠다. 글로벌 시장조사 전문기업 Future Market Insights의 보고서에 따르면 글로벌 기후테크 시장 규모는 2023년 기준 약 28조 원으로, 전년도 대비 약 23% 커졌다. 2023년 기준 한국의 국가연구개발사업R&D 전체 예산이 약 30조이기에 글로벌 투자 금액 28조는 적지 않은 숫자임에 틀림없다. 게다가 최근 일반적인 벤처투자 분야의 투자 금액이 줄어든 것을 감안한다면 기후테크 분야의 투자 금액 증가 또한 주목할 만한 변화이다. 특히, 초기 단계(Seed-Series A 단계)의 기후테크 투자 건수 증가가 가장 두드러졌으며 신규 투자자의 유입이 증가하고 있어 기후테크 시장의 성장 가능성이 높게 평가되고 있음을 알 수 있다. 이러한 성장세에 따라 2023년 기준 글로벌 기후테크 유니콘 기업이 82개로 파악되었다. 여기서 유니콘 기업이란 기업 가치가 약 1조 원(약 10억 달러) 이상인 비상장 기업을 지칭한다. 안타깝게도 한국에는 아직 기후테크 분야 유니콘이 없다. Future Market Insights 보고서에서 미래 기후테크 전망 또한 발표를 하였는데, 2033년에는 기후테크 시장이 약 255조 원 규모로 성장하여 연평균 증가율이 약 24.5%에 달할 것으로 예상하였다. 실제로 2021년 기준 벤처 투자금의 약 14%가 기후테크 기업에 지급되었으며, 그 금액은 전년 동기 대비 2배 이상임이 알려진 바 있다.

최근 기후테크 투자 동향이 증가한 이유를 한 번 더 짚어보면 정책적 지원, 자본시장 연동 강화, 수요 증가의 세 가지 관점에서 설명할 수 있다. 먼저 정책 지원의 경우 미국의 인플레이션 감축법(Inflation Reduction Act; 이하 IRA)이나 유럽의 그린딜 정책 등이 수조원의 기금을 통해 기업의 탈탄소화를 지원하는 데에 있다. 실제로 2023년 8월 미국 에너지부는 대기 중 직접공기포집(Direct Air Capture; 이하 DAC) 허브 프로젝트 2개소에 12억 달러를 지원한다고 발표하였는데, 이는 IRA법에서 DAC 허브 구축에 할당된 35억 달러 예산에서 집행된 것으로 역대 탄소 제거 프로젝트 중 최대 규모의 지원이다. 발표 이후 미국 내에서는 35개의 DAC 프로젝트가 등장하며 IRA법이 기술 연구개발 및 사업 활성화를 촉진하고 있다는 평가를 받고 있다. 다음으로 자본시장 연동 강화의 경우 다양한 기후테크 민간펀드가 등장하여 2022년에는 전 세계적으로 약 330개가 넘는 기후테크 펀드들이 신설되는 등 기후테크 기업에 대한 지원이 증가하는 흐름에 놓인 것에 기인한다. 예로, 아마존에서는 2020년 6월 'Climate Pledge Fund'라는 벤처투자 기금을 설립하였으며, 2023년 12월 기준 암모니아를 활용한 연료전지 전문 기업인 'Amogy'와 농업기술회사인 'Hippo Harvest', 그리고 저탄소 콘크리트 회사인 'Carbon Cure'를 포함한 23개의 스타트업에 투자하고 있다. 스트라이프, 쇼피파이, 메타, 알파벳, 맥킨지 등이 참여해 2022년에 설립한 투자 그룹 'Frontier'도 2030년까지 유망한 탄소제거기술을 개발하고 구매하기 위해 약 1조 2천억 원의 펀드를 조성하였으며, 현재까지 12,000톤의 탄소 제거 계약을 기체결하였다. 빌 게이츠가 이끄는 'Breakthrough Energy Ventures'도 기후 혁신에 투자하는 펀드를 조성하고 그 금액을 확대하고 있다. 대형 은행권의 투자 흐름도 가속화되고 있다. 글로벌 투자은행인 골드만삭스는 기후테크 기업 '블록파

워'에 투자하고 기후 및 환경 솔루션 펀드에 지분을 늘리는 한편, 영국 바클레이 은행은 2027년 말까지 기후테크 스타트업에 5억 파운드를 지원하는 계획을 발표하고 실제 올해 3월에는 전자 화물 자전거 네트워크 기업 'Zedify'에 500만 파운드를 투자하기도 하였다. 마지막으로 수요 증가는 137개국이 탄소중립을 위한 탄소 감축 목표를 선언한 것으로부터 기인한다.

지금까지 언급한 것처럼 어쩌면 기후테크는 반드시 우리가 가야 할 길이라고 생각한다. 누구나 기후변화 피해를 막기 위해 온실가스 배출을 줄여야 한다고 생각하지만 경제적인 손해를 감수하고서라도 배출량을 줄이는 것에 동참하지 않는 분위기였기 때문이다. 그래서 손해를 보지 않고 수익을 낼 수 있으면서 기후위기에 대응할 수 있는 기후테크는 탄소중립을 달성해야만 하는 우리에게는 아주 중요한 미션이라고 할 수 있다. 인류가 석탄을 통한 증기기관을 만들고 고탄소기반의 산업혁명을 통해 현재를 만들었다면 이제부터는 기후테크 기반의 새로운 산업혁명을 통해 미래를 만들어가야 할 것이다.

지구를 살리는 자연기반해법

지금까지 우리는 기후위기 대응을 위한 탄소중립 달성 방안 중

배출량 감축에 대한 이야기를 주로 해왔다. 그래서 에너지, 경제, 기술, 산업 등을 주로 다루었다면 이제부터는 조금 다른 관점으로 해결법을 찾아보고자 한다. 탄소중립의 또 다른 중요 분야인 흡수원과 관련된 기후위기 대응 방법에 대해 얘기를 해보려 한다. 탄소중립의 개념을 다룰 때 얘기를 했지만 중요한 개념이라 한 번 더 언급하자면, 탄소중립이란 인간이 배출한 탄소를 지구의 생태계가 모두 흡수하면 된다는 뜻이다. 그렇지 않으면 흡수할 만큼만 배출량을 줄이거나 배출량만큼 흡수량을 늘리는 것인데, 여기서 흡수량을 늘리는 방법 중 하나가 자연기반해법(NbS: Nature-based Solutions)이다.

자연기반해법이란 꼭 탄소에 대한 분야에 국한된 것이 아니라 생태 기능과 생태계 서비스를 이용하여 환경 및 사회문제를 해결하는 것을 의미한다. 세부적으로 식량 안보, 기후변화, 물 안보, 건강, 재해, 사회 및 경제 개발과 같은 주요 사회 문제의 해결을 위하여 생태계의 복원력, 갱신 및 서비스 제공 능력을 활용하는 것을 지칭한다. 그래서 국제자연보존연맹은 NbS에 대해 '자연 생태계 또는 변형된 생태계modified ecosystems를 보호하고 지속가능하게 관리 및 복원함으로써 사회적 문제를 효과적이고 적응적으로 해결하고 인간의 복지와 생물다양성의 이점을 제공한다'라고 정의를 내리고 있다.

그렇다면 지금부터 NbS에 어떤 것들이 있는지 좀 더 구체적으로 살펴보자. 먼저 우리에게 가장 친숙한 숲, 바로 산림이다. 숲은 자연기반해법을 대표하는 수단 중 하나로 국제자연보존연맹은 산림지역의 보호, 복원 및 지속 가능한 이용을 통한 자연기반해법을 제시하고 있다. NbS에서 숲의 복원은 숲 또는 생태계를 훼손되기 이전의 상태로 돌리는 것을 넘어 숲의 기능을 복원하는 것을 목표로 하고 있으며, 숲의 기능 회복이란 경관 간의 연결성 증대, 토양 및 물 자원 확보, 문화적 기능의 회복 기능을 포함하고 있다. 여기서 경관 간의 연결성 증대라는 표현이 조금 어려운데 이것은 쉽게 말해 도심에 있는 '생태다리' 같은 것이다. 산의 허리를 끊어 도로를 만들어서 생태계가 끊어진 경우 도로 위에 다시 생태계를 이어주는 다리를 만드는 것이다.

두 번째 NbS는 습지다. 습지는 생물다양성을 보존하는 중요 서식지임과 동시에 홍수 때에 물을 흡수하는 거대한 스펀지 역할을 하는 대표적인 자연적 방어 수단$^{a\ natural\ defense\ to\ flooding}$임이 확인되었다. 이뿐만 아니라 습지는 지하수위 및 토양 수분 조절 기능이 있어 원활한 수자원 관리를 위한 효율적인 방법이 될 수 있다고 알려져 있다. 최근 들어 습지는 탄소중립의 목표 달성을 위해 자연적인 탄소격리$^{carbon\ sequestration}$ 및 저장^{storage}을 위한 생태환경으로 평가되고 있어 기후변화 완화를 위해 습지를 보호의 중요성이 강조된다. 한국에도 다양한 습지가 분포하고 있으며 탄소중립을 위한 중요한 흡수원으로 판단되어 다양한 형태의 연구가 진행되고 있다.

세 번째는 농업기술이다. 화학 비료 및 농약 사용을 줄이는 유기농법을 도입하여 화학 비료 생산과 사용에 따른 온실가스 배출을 감소시킬 수 있다. 이러한 유기농법은 추가적으로 토양 내 미생물 군집을 해치지 않아 유기물이 미생물에 의해 분해되면서 유기물에서 나오는 이산화탄소를 토양으로 흡수하고 이 과정에서 토양의 유기물 함량이 증가하여 토양의 탄소흡수 기능을 향상시킬 수 있다. 또한 토양에 충분한 양의 유기물이 축적되면 토양의 물리적인 특성 또한 향상되어 토양의 구조적 안정성이 증가하고 토양의 다양한 층에서 이산화탄소의 효과적인 흡수 및 저장이 가능하게 될 것이다. 이뿐만 아니라 농업에서 생물다양성을 증진시킬 수 있는 방법으로 지속가능한 경영을 하며 안정적인 생태계를 유지하여 생태계의 탄소흡수 기능을 강화시키는 시도들이 진행되기도 한다. 특히 토양의 생물다양성 증진을 통해 지렁이, 미생물, 박테리아 등의 유기물 분해 도움을 받고, 이를 통해 토양의 대기 중 이산화탄소를 흡수를 증가시킨다. 이러한 일련의 과정에서 탄소흡수의 관점을 넘어, 토양 내 영양소 순환, 비생물학적 스트레스에 대한 대응, 오염물질 감소 등의 공편익이 발생하기도 한다.

마지막으로 연안 및 해양생태계이다. 연안 및 해양 생태계 NbS는 해당 생태계를 보호, 관리 및 복원하는 활동들을 의미

차가운 불쏘시개를 찾습니다

하며, 연안 블루카본 생태계 복원, 해양 재생 에너지 개발, 지속 가능하고 기후 친화적인 어업 및 수산 양식법 개발 등이 포함된다. 특히 최근에는 '블루카본Blue carbon' 생태계(맹그로브, 염습지, 해초)가 높은 CO_2 흡수sequestration 및 저장storage 수용력을 지니고 있기에 기후변화를 완화하는 데 효율적일 것이라 각광받고 있다. 예를 들어 블루카본의 뛰어난 탄소흡수 능력을 활용하기 위해 최근 아랍에미리트는 맹그로브 보호 및 복원 조치를 선언하였으며, 2030년까지 3천만 그루의 맹그로브 묘목을 심고, 해양 블루카본 생태계의 최소 20%를 국가 보호 지역에 포함할 것으로 선언하였다.

연안 및 해양 생태계 NbS는 탄소감축에 따른 기후변화 완화 기능을 넘어 기후변화의 영향(극한 기상 현상, 해안 침식, 해수면 상승 등)에 취약한 사람들과 생태계를 보호하는 기후적응 기술로도 주목을 받고 있다. 예를 들어 산호초coral reefs는 파도 에너지를 평균 97% 감소시킴으로써 해안풍과 쓰나미가 일어날 경우 파도 높이를 감소시키기에, 산호초 군락 및 주변에 거주하는 인간을 보호하는 것으로 알려져 있기 때문이다.

추가로 자연기반해법은 지속가능발전목표SDGs 전반에 기여할 수 있다. 가령, 훼손된 자연의 복원과 같은 자연기반해법은 건강한 자연환경으로의 접근이 취약한 계층에게 녹지공간에 대한 접근성을 높여주며, 이는 SDG 3(건강 및 웰빙 개선)과 SDG 10(사회 내 및 사회 간 불평등 감소)의 이행과 이어져 있다. 또한, 각국의 NDC에 자연기반해법을 포함시키면 개도국을 위한 지원 사업이 강화될 수 있어, 지속가능한 발전을 지원하는 방향으로 나아갈 수 있을 것이다. 게다가 자연기반해법의 이행 과정에서 새로운 일자리가 창출되고 사업 기회의 가능성도 또한 제공되어 환경의 개선을 비롯한 사회경제적 변화 또한 기대된다.

지금까지 언급한 NbS 기법 외에도 자연생태계를 활용한 친환경 기후변화 완화 및 적응 기술은 더 많이 있을 것이다. 다만 아직도 생태계의 무궁무진한 능력을 우리가 모두 파악하지 못하고 있기 때문에 NbS라는 분류에 담아내지 못하고 있지 않을까 생각한다. 배출원을 줄이기 위한 기술을 개발하는 것만큼 자연생태계를 잘 활용하기 위한 집중적인 연구가 필요한 실정이다. 특히 산림, 습지, 연안, 도시, 농업 생태계 등 다양한 생태계가 존재하는 우리나라에서 자연기반해법을 확장한다면 생물 다양성 보전뿐 아니라 생태계의 탄소흡수량 증대를 통한 탄소중립 목표 달성에도 기여할 수 있을 것이다,

지금 우리는 무엇을 해야 하나

지금까지 한 얘기를 정리해보자. 사실 기후가 변하는 것은 당연

하다. 하지만 문제는 지금 변화의 속도가 너무 빠르다는 것이다. 지구에 인간이 없다면 지구시스템의 자연변동에 의하여 매우 느리고 천천히 기후가 변해갈 것이다. 이렇게 느린 변화에는 식물도 동물도 모두 적응해나갈 수 있을 것이다. 하지만 인간이 만들어낸, 100년간 지구 평균기온이 1℃ 이상 올라가는 빠른 변화에는 식물도 동물도 적응하기 힘들어졌다. 그래서 탄소중립을 해야 하기에 국가는 정책을 개발하고, 연구소는 기술을 개발하고, 학교에서는 교육하는 것이다. 그렇다면 개인의 입장에서 내가 지금 당장 할 수 있는 탄소중립 활동은 무엇일까. 사실 이 질문은 대중들에게 너무 많이 듣는 질문 중 하나이다. 외부 강연이나 세미나를 가면 반드시 나오는 질문이기 때문이다. 많은 분들이 탄소중립을 위해 자가용이 아닌 대중교통, 일회용 컵이 아닌 텀블러를 쓰고, 분리수거를 잘하고, 재활용을 잘하면 될 것으로 생각한다. 맞는 실천이다. 이렇게 하면 기후변화 대응을 위한 탄소중립 활동이라고 말할 수 있다. 하지만 이러한 실천으로 큰 변화, 즉 기후변화의 속도를 되돌릴 만한 큰 변화를 이루기에는 너무 많은 시간이 걸릴지 모른다. 그래서 '실질적'인 변화를 유발할 만큼의 눈에 띄는 탄소감축을 위해서는 대중교통 이용하기, 일회용품 쓰지 않기, 쓰지 않는 전기 플러그 뽑기와 같은 일상생활의 작은 실천만으로는 부족하다. 하지 말라는 것이 아니라 좀 더 분명한 변화를 유발할 수 있는 행동이 더 필요하다는 것이다.

더 확실하고 눈에 띄는 변화를 만들어내기 위해서 앞서 기후 테크에서 언급했던 것처럼 산업이 변해야 하며, 여기에 우리의 역할이 있다. 지금 당장 눈앞의 이윤이 가장 중요한 기업으로 서 탄소배출량을 생각해서 산업의 전환을 시도하기란 쉽지 않 은 일이다. 기업은 기본적으로 이윤 추구가 중요하기 때문에 탄 소배출을 줄이는 설비를 투입하거나 원자재를 바꾸거나 공정을 전환하는 추가 비용이 들어가는 일은 원하지 않는다. 그리고 만 약 이렇게 추가 비용을 투입하여 고탄소에서 저탄소 제품을 만 들어낸다면 물건의 단가가 올라갈 것이다. 그럼 자연스럽게 사 람들은 그 물건을 찾지 않을지도 모른다. 지금 이 글을 읽고 계 신 여러분도 그러리라 생각한다. 일반적으로 물품을 구매하러 마트에 가면 가성비 뛰어난 제품을 찾으려 한다. 즉 가격이 싼 것이 장점이라는 것이다. 똑같은 제품인데 가격이 더 비싸면 소 비자의 손길이 멀어질 수밖에 없다.

여기서 우리의 분명한 인식 전환이 있어야 한다. 만약 반대로 우리가 가격은 더 지불하더라도 탄소배출량이 적은 제품을 찾 는다면 어떻게 될까. 사람들이 비용을 더 지불하더라도 탄소배 출량이 적은 제품을 구매한다면 결국 가격은 싸더라도 탄소배 출이 많은 제품은 사라질 수밖에 없다. 소비자가 외면하는 제품 은 시장에 설 자리가 없기 때문이다. 이런 식으로 우리의 인식이 바뀐다면 기업은 결국 가격이 오르더라도 탄소배출을 최소화할 수 있는 기술도 개발하려 노력할 것이며 기술의 발달은 결국 비용을 낮출 수 있는 경쟁력을 갖게 될 것이다.

단돈 천 원만 있으면 어지간한 생활용품을 다 살 수 있는 신비로운 상점이 있다. 아주 별천지가 따로 없다. 물가가 오르고 경제가 위축되면서 사람들의 수요가 늘어나서 지속적으로 성장하는 기업 중 하나다. 몇 년 전만 해도 대도시에서나 볼 수 있었지만 지금은 인구가 그리 많지 않은 작은 도시에도 문을 열었다. 정말 다양한 제품이 있는 이곳의 물건을 보면 알겠지만 대부분의 제품이 중국에서 온 것들이다. 상대적으로 환경 규제가 약한 곳에서 막대한 탄소를 배출하면서 만들어진 제품들이다. 그래서 이 제품은 가격이 쌀 수밖에 없다. 결국 당신의 구매력이 그들의 경제성장 및 탄소배출의 원동력이 된 것이다. 하지만 대부분의 사람들은 이러한 구조는 이해하지 않은 채 바로 옆 국가의 탄소배출이 우리보다 많다며 왜 우리가 탄소를 줄여야 하냐고 반문한다. 그러나 지금까지 봐서 알겠지만 결국 그들이 이렇게 많은 탄소를 배출한 데는 우리의 책임도 없지 않아 있다는 것이다. 우리가 가격은 더 비싸더라도 국산 제품, 좀 더 탄소를 덜 배출하는 제품을 산다면 더 이상 그들의 굴뚝에서 탄소를 가득 품은 연기가 피어오를 일은 없을 것이기 때문이다.

데이터를 통한 변화

마지막으로 탄소중립 달성을 위해 중요한 점은 데이터이다. 과학적이고 객관적인 데이터는 탄소중립 달성을 위한 핵심이다. 특히 좀 더 자세한 정보는 우리가 실질적인 변화를 만들어 낼 수 있는 가장 필요한 요소이다. 지금까지 탄소중립, 탄소배출, 탄소흡수, 한국의 배출량, 에너지, 산업 부문 배출량, 중국의 배출 같은 얘기들을 계속해왔지만 정작 내가 얼마나 탄소를 배출하는지 잘 모르는 것이 현실이다. 국가 총 배출량은 알아도(몰라도 인터넷 검색하면 몇 분이면 찾아낼 수 있다) 정작 내가 사는 우리 동네 배출량은 모르고 내가 하루 종일 일하는 회사, 공부하는 학교, 연구하는 연구소의 탄소배출량을 모른다면 과연 우리가 변화를 만들어낼 수 있을까. 누구도 확신이 서지 않을 것이다.

지금 우리에게 필요한 것은 나 스스로가 변화를 만들어낼 수 있는 정보, 즉 좀 더 상세한 시간과 공간에 대한 탄소 정보가 필요하다. 예를 들어 이번 달 우리 동네 배출량과 흡수량 또는 지난달과 이번 달의 배출량 차이, 우리 집과 옆집의 차이 같은 생활밀착형 정보를 확인할 수 있다면 변화를 만들어내기에 충분한 원동력이 된다는 것이다. 그리고 이러한 정보는 반드시 과학적이고 객관적이어야 한다. 누가 봐도 믿을 수 있는 투명한 정보여야 하는 것이다.

정보의 중요성은 비단 탄소중립의 문제에 국한되는 것만이 아니다. 오히려 이미 다른 분야에서 충분이 검증된 내용이다. 아마 유치원생도 알 정도의 유명한 기업인이 있다. 미국의 빌 게이츠. 마이크로소프트라는 전대미문의 회사를 만들어 세계 최고 부자가 된 전설적 인물이다. 빌 게이츠는 기업의 성공에 있어서 제일 중요한 것이 정확한 정보를 획득하는 것이며 이 정보는 자세하면 자세할수록 좋다고 했다. 그는 자서전에서 2,500년 전 중국의 병법가 손자孫子가 정보는 전쟁에서 절대 필요한 것으로 군대가 어떤 행동을 할 때마다 그 정보에 의존한다고 한 말을 인용하며, 다사의 업무 상태와 기업 경영에서 정보의 역할을 강조했다. 기업의 성공은 모두 정보력에 의해 결정된다고 단언하기도 했다. 그의 말이 틀린지 아닌지 그가 만든 기업의 현재와 축적한 부를 통해 쉽게 확인할 수 있을 것이다. 사실 빌 게이츠뿐만 아니라 세계적인 초일류 기업들은 자신들의 조직이나, 고객, 경쟁자, 정세 등의 정보를 파악하기 위해 많은 노력을 쏟고 있다. 상대방과 나에 대해 정확히 아는 기업이 우위에 설 수 있기 때문이다.

결국 우리는 탄소중립이라는 전쟁을 치르기 위해 배출량과 흡수량이라는 정보를 정확하고 상세하게 파악해야 한다는 것이다. 그래야 우리는 이 전쟁에서 승리하고 지속가능한 우리 별 지구에서 살아갈 수 있다. 하지만 지금 우리에게는 충분한 데이터가 부족한 상황이다. 여기서 분명히 정부와 학계의 역할이 존재한다. 모든 국민이 공감할 수 있는 상세한 탄소 정보를 과학적이고 객관적으로 만들어내기 위해 국가는 연구개발사업을 지원해야 한다. 지금 당장의 실익이 없더라도 2050년 탄소중립 목표 연도 그리고 더 멀리 2050년 이후에도 모든 국민이 시시각각으로 변하는 탄소 정보를 만들 수 있는 플랫폼을 만들어나가야 한다. 그리고 과학자는 모든 국민이 신뢰할 수 있는 객관적인 데이터를 만들어낼 수 있도록 기술개발을 해야 할 것이다. 지금은 부족하지만 이러한 정보체계가 만들어진다면 좀 더 빠르고 효과적으로 탄소중립을 향해 나아갈 것이다. 우리가 길을 잃고 헤매지 않게 올바른 길을 갈 수 있는 나침반이 될 것이라 믿어 의심치 않는다.

Q & A

Q 인류가 '지구 온난화'라는 개념을 접한 지 꽤 오랜 시간이 지났고, 그만큼 사람들이 체감하는 지구 온난화의 양상도 변해왔다고 생각합니다. 폭염, 홍수, 가뭄, 산불 등에 대처하는 사람들의 인식도 점점 일회성, 계절성 재난보다는 생존에 더 방점이 찍히는 것 같습니다. IPCC(국가간기후변화협의체)의 기후변화 보고서에서 말하는, "아주 나쁜 시나리오"에 살고 있는 우리가 만약 이 시나리오대로 계속 살아간다면 어떨까요? 선생님이 생각하는 디스토피아는 어떤 모습일지 궁금합니다.

우리의 미래를 쉽게 단정 짓기는 어렵겠지만 지금처럼 그대로 시간이 흘러간다면 현재 진행 중인 삶의 방식으로는 감당하기 힘든 환경이 될 것으로 생각합니다. 예를 들어 우리는 지금 사계절이 분명한 기후대에 살고 있지만 시간이 지나면 동남아처럼 일 년 내내 매우 덥고 시도 때도 없이 폭우가 쏟아지는 일상이 될 것입니다. 아열대 기후대가 된다고 우리가 살 수 없는 건 아니지 않나 생각할 수 있습니다. 하지만 우리는 현재 모든 삶의 방식이 계절의 변화에 맞추어져 있기에 계절이 사라지면 단순히 옷장에 옷이 바뀌는 것을 넘어 경제, 문화, 사회, 교육 등 많은 것들을 바꾸어야 하는데 이건 말처럼 그리 쉽게 감당할 수 있는 것이 아니기 때문입니다. 전 지구적으로 봐도 매우 강력한 태풍과 허리케인이 늘어나고 하늘에 새가 날 수 없을 정도의 폭염이 발생하고 심각한 가뭄으로 더 이상 생명이 존재할 수 없는 사막화가 심해지는 지역이 생길 것이며, 사람의 힘으로는 끌 수 없는 산불이 발생해서 속수무책으로 비가 오기만을 기다려야 하는 상황이 지구 곳곳에서 발생할 것입니다. 첨단기술의 시대에 살고 있지만 비가 오지 않으면 산불을 끌 수 없어 어이없이 기우제를 지내야 할 상황이 생기는 것입니다. 게다가 이러한 기후재난에 취약한 국가는 생존경쟁을 위해 주변국과의 분쟁에 휘말릴 수밖에 없을 것입니다. 역사적으로도 아프리카나 중동처럼 기후 환경이 척박한 국가에서 이미 일어났던 일들입니다. 결국 한국을 넘어 그 어디서도 지금보다 나은 것 없는 그런 척박한 환경으로 가는 미래가 제가 그리는 디스토피아입니다.

Q 글에서 기후변화 대응을 위한 방안으로 제시되는 '기후테크' 분야가 최근 사람들에게 큰 관심을 얻고 있습니다. 다만 이러한 기후테크 시장을 선도하는 기업들은 대부분 글로벌·유니콘 기업이고, 이들에게 투자가 집중되면서 또 다른 형식의 독점이나 정보 통제가 이뤄지는 것 아니냐는 우려의 시선도 있는데요. 말씀하신 "기후테크 기반의 새로운 산업혁명"을 위해, 개인이 탄소배출량(탄소발자국)이 적은 제품을 구매하거나 소비하는 것 외에 함께 연대할 수 있는 실천적 방법론은 없을까요?

기후변화 문제를 해결하기 위해서는 탄소와 경제의 탈동조화decoupling가 필요합니다. 그래서 우리는 탄소배출을 줄이는 기술로 수익을 창출할 수 있는 기후테크 산업을 육성해서 빠르게 탈동조화를 이루어야 하는 상황이고요. 현재 전 세계적인 기후테크의 성장 상황을 보면 글로벌 유니콘 기업에만 투자가 집중된 것은 아닙니다. 오히려 투자를 할 만한 대상이 발굴되지 않았기 때문에 그동안 사람들이 흔히 알 수 있는 분야의 기업들에만 집중되었다고 보는 것이 맞을 것 같습니다. 현재 기후테크 분야는 투자자는 많이 있어도 투자를 받아갈 사람들이 많이 없었기에 특정 기업에 집중된 것처럼 착시효과를 보입니다. 투자가 많이 된 분야는 이미 시장에 나와 상품화되었기에 사람들은 더 그렇게 생각하는 것이고요. 바로 전기차가 그런 분야입니다. 게다가 한국은 전기차를 대기업이 이끌고 있어서 더 오해가 생길 만한 상황이죠. 기후테크는 모바일뿐 아니라 반도체, IT, 건설, 수송, 식음료, 폐기물 등 다양한 산업 분야에서 탄생할 수 있는 기술 산업입니다. 기존의 산업에서도 새로운 기술이 투입되어 생산 과정의 온실가스를 줄이거나, 지금은 비용이 많이 들더라도 탄소배출량을 크게 줄일 수 있는 기술이라면 기후테크 산업으로 다시 태어날 수 있는 것입니다. 그래서 탄소배출이 발생하는 모든 산업 분야의 사람들이 관

심을 두고 기후테크 생태계에 참여하면 좋을 것
같습니다. 어쩌면 90년대 한국의 IT 붐처럼 많
은 사람이 각자의 분야에서 이걸 어떻게 활용할
지 고민하기 시작한다면 다양한 기후테크 스타
트업이 탄생하지 않을까 생각합니다. 사람들의
관심, 투자, 정부의 지원이 조화를 이룬다면 세
계를 이끄는 기후테크가 한국에서 분명히 탄생
할 것이라 믿습니다.

Q "미래는 이미 이곳에 와 있다. 다만 균등하게 분배되지
않았을 뿐이다"라는 SF작가 윌리엄 깁슨의 말처럼, 이미 도
래한 기후변화의 미래를 우리가 제대로 인식하지 못하고 놓
치는 부분도 많을 것 같습니다. 글의 말미에 정부와 학계의
역할을 강조하시면서 "탄소중립이라는 전쟁"이라는 표현
을 쓰셨는데요. 사실 한국의 경우 2024년도 재생에너지와
탄소중립부문 핵심기술 R&D 등 기후위기 대응 예산을 대
폭 삭감했습니다. 이 같은 상황에서 정부와 기업의 탄소중
립 움직임을 촉구하면서, 기후변화의 양상을 더욱 면밀히
인식하기 위한 방안에는 어떤 것이 있을까요?

여러 국가가 기후변화를 지구 공동체의 문제로 인식하고 1992년 기후변화협약이라는 역사적인 국제조약을 체결하여 지금까지 엄청나게 많은 논의를 진행해왔습니다. 그런데 아이러니하게도 1992년부터 지금까지 코로나와 같은 질병 확산과 경제 쇼크를 제외하고 한 번도 자의적으로 탄소배출량이 줄어든 적이 없습니다. 그동안 그렇게 많은 국제적 논의가 있었고 매우 심각한 기후변화 피해를 전 지구적으로 겪었는데도 말이죠. 하지만 이제 상황이 다릅니다. 2021년 전 세계 많은 국가가 탄소중립을 선언한 것을 계기로 좀 더 강력한 탄소중립 이행에 대한 국제적 논의가 시작되었기 때문입니다. 유럽의 탄소국경조정세, 미국 IRA, 그리고 여러 나라의 기후공시 등 자발적 감축을 안 하면 간접적인 규제를 통해서라도 줄이게 하겠다는 국제사회의 새로운 질서가 생겨나고 있기 때문입니다. 한국도 이제는 좀 더 현실적이고 장기적인 관점에서 탄소중립을 위한 이행 계획을 세우고 지켜나가야 합니다. 다시 한 번 강조하지만, 탄소중립은 '일상의 변화'입니다. 평범한 일상의 변화 없이 절대 탄소 감축은 없기 때문입니다. 특정 분야의 문제가 아니라 모든 구성원의 인생이 달린 문제로 인식해야 합니다. 그리고 이 모든 논의에 가장 중요한 것이 과학적이고 객관적인 정보와 근거입니다. 탄소중립을 2021년 선언한 후 한국은 현재인 2024년까지 정부도 바뀌고 탄소중립녹색성장위원회도 바뀌면서 짧은 시간에 많은 변화가 있었던 것 같습니다. 그래서 지금은 우리가 무엇을 잘하고 못했는지를 논하기에 아직 이른 감이 있습니다. 때론 생각의 차이가 아닌 크기에 충돌이 생기는 것이 문제가 되기도 합니다. 사실 아무도 가지 않은 길이기에 누구의 말이 절대적으로 옳다고 판단하기도 어렵습니다. 그래도 한 가지 고무적인 점은 그 어떤 의견도 탄소중립이 틀렸다고 하지 않는다는 점입니다. 그래서 더 과학적이고 객관적인 근거를 통해 판단을 내리기 위해 노력해야 할 것입니다. 현재 우리가 살고 있는 동네 수준까지 알 수 있는 온실가스 배출량에 대한 정보, 우리 동네를 넘어 지구 곳곳에서 벌어지는 기후변화 현황에 대한 정보, 우리가 가지고 있는 과학기술의 현재 수

준에 대한 정보, 우리에게 필요한 과학기술의 정보, 국가에서 진행 중인 탄소중립 정책에 대한 정보 등을 아주 투명하게 모든 국민에게 공개하면 될 것입니다. 그럼 지금보다 더 많은 사람의 적극적인 참여가 이루어질 것이라 기대합니다.

◆

Comics

약국

만화가이자 일러스트레이터로 일한다. 다양한 매체를 통해 웹툰을 연재했으며, 지은 책으로 《K를 기리며》, 《언럭키 맨션》, 《죽여주는 복수선언》, 《지역의 사생활 99 : 양산 - 키르케고르와 법구경》, 《전야제》, 《시티 라이프》, 《홀리데이 필름 콜라주》, 《그 길로 갈 바엔》(공저) 등이 있다. 청춘들의 흔들리는 삶을 생동감 있는 캐릭터와 펜션으로 표현하여, 독자에게 담백한 위로를 전한다. 고양이 타로와 함께 살고 있다.

카

메

라

옵

스

큐

라

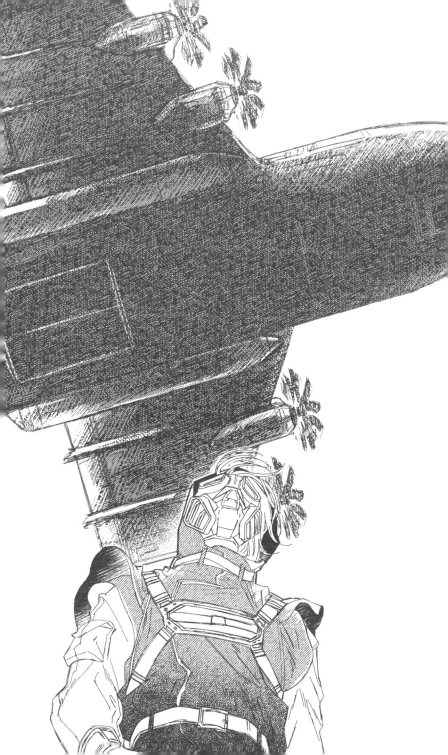

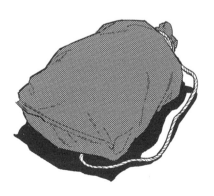

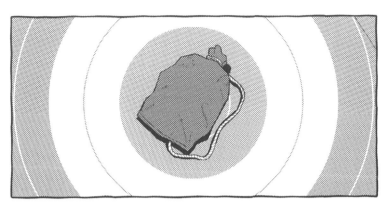

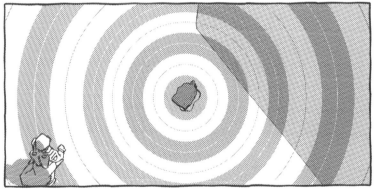

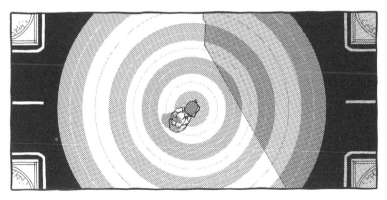

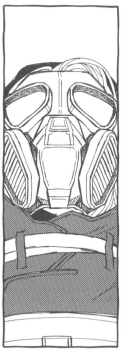

Camera Obscura

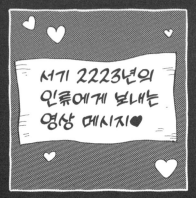

서기 2223년의
인류에게 보내는
영상 메시지♥

흠흠….

이거 진짜 찍어요?

아, 벌써 찍고 있다고?

안녕하십니까, 미래의 여러분! 저는 B대학 미래과학부 K교수님 연구실 소속….

대본 보지 마!

아니 아직 다 못 외웠는데.

하….
아무튼 저는 2023년에서 타임머신을 타고 온

가련한 대학원생입니다.

작년에 개발이 마무리되었으면 진심 끝내주는 숫자 놀이가 됐을 텐데 말이죠.

2222!

아무튼 저희는 NASA와 협동 연구를 통해 시간을 이동하는 기술을 개발했고

제가 마루타… 아니, 영광스러운 첫 시간여행자로 추첨됐습니다.

이 영상을 보고 계시다면 제가 성공적으로 200년 후의 세계로 이동한 거겠죠?

저는 앞으로 3일간 미래의 세상을 탐험하고, 촬영하고,

미래인 여러분의 일상을 탐구하여 인류 과학 발전의 토대가 될 자료를 수집할 예정입니다.

그리고 귀환 시간이 되면 이 스마트 워치가 작동해 자동으로 현대로 귀환합니다.

그러니까 저의 낯선 의복과 생김새에 놀라지 마시고,

저와 친구가 되어주시길 바랍니다.

저는 여러분을 공격하거나 해칠 의도가 없으니 말이죠.

저는 그냥 미래는 얼마나 멋지고 아름다운지가 궁금한 거거든요.

그럼 잘 부탁드립니다!

감사합니다♥

'미래는
얼마나 멋지고
아름다울지'라….

아 흙내
아 퉷퉷!!!

입에 뭔 모래가
이렇게….

그냥 물이에요.

아…. ㅎㅎ

감사합니다.

2023년에서 왔다고요?

길에 쓰러져 있던데.

아, 네. 영상 보셨구나. 부끄럽네.

헉 그래요?!

가동 속도가 너무 빨랐나? 메모해야 돼.

가방, 가방!

그 밑에 있어요.

저를 발견한 시간이 언제쯤이죠?

어… 오후 다섯 시 좀 넘어서.

가동 한 시간 뒤 쯤이네.

몸에는 이상 없는 것 같고.

다친 곳은 없던데요.

오….

…확인을 했어요?

확인을 했죠.

부상자면 치료해야 하니까.

근데 아까부터 궁금했는데, 남자예요, 여자예요?

하하하 맞춰봐요.

쳐다본다고 해서 없는 게 생기진 않는데.

아!!! 인간도 단성생식이 가능해졌나?!

하하하 하하하하

165

하하하하
하하하하하
하하하하

ㅋㅋㅋㅋ
ㅋㅋㅋㅋㅋ

이 새끼
남자다.

별떡

보살펴주셔서
감사했습니다.

이만
가보겠습니다.

어?
어디 가게요?

그야 뭐
영상 보셔서
아시겠지만
제가 좀 바빠서요.

인터뷰도
따야 하고
영상도
찍어야 하고

제가 현대판
노예 신분이라
놀 처지가
못 됩니다.

하지만
내일부터
우기가
시작될 거예요.

우기?!?!

세계에 대하여

2223년에도
인류가 금연을
못 했다니.
거기다
연초에 라이터?

2023년엔
다들 전자담배라고요.
인공지능
금연로봇이라도
나왔을 줄 알았는데.

디지털화가
다 좋은 건
아니죠.

회로 하나가
망가져서
모든 체계가
붕괴되는 것보단

물리적으로
단순한 구조라면
부품 하나만
교체하면 되니까
그 편이
안전하기도 하죠.

오 이 대화
흐름 좋은데요?
이대로 바로
인터뷰 따도 돼요?

카메라 셋…

우르르쾅쾅‥

쾅‥

…설마 우기 내내
쭉 이렇게
폭우가 와요?

쏴~‥

우르릉‥

네.

진짜였네.
사기꾼이나
변태인 줄
알았는데.

조용한
곳으로
좀 옮길까요?

이 해바라기는 꼭….

《어린 왕자》의 장미 같죠.

네, 그러네요.

테라리움처럼 키우는 인공화분이에요.

선물받은 건데, 식물 키우기엔 재능이 없는 터라 진짜 난감했죠.

거기다 이렇게 해라곤 구경하기 힘든 시대에 해바라기라니.

완전히
넌센스
코미디죠.

누구한테
선물받은
거예요?

그쪽이
궁금해요?
인공화분이
아니라?

캐릭터
빌딩이죠.

'미래인'이라는
미지의
인물에 대한
스토리.

처음
저 인공화분이
상용화
되었을 때….

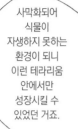

사막화되어
식물이
자생하지 못하는
환경이 되니
이런 테라리움
안에서만
성장시킬 수
있었던 거죠.

햇빛도 공기도 물도
모든 게 부족한 세상.

그나마
비가 오더라도
이렇게 생존에
위협적일 정도로
극단적으로 내리죠.

진짜냐?
이게
인류의
미래라고?

점점
우울해지네.

…계속
설명해주세요.

당신이
가지고 있는
그 기기들도
배터리를
아껴 쓰는 게
좋을 거예요.

더이상
전력이
공급되지
않으니까.

이런 상황이니
디지털은
전부 무용해졌죠.

이 건물은
그런 자료와 기록들을
보관하기 위해 지어진
박물관 같은 것이고

그 자료들을
안전하게
관리하는 게
내가 하는 일이죠.

따지자면
박물관 관리인
정도 되겠네요.

…

상상처럼
멋진 미래는
아니죠?

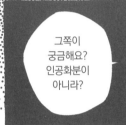

그쪽이
궁금해요?
인공화분이
아니라?

쏴아아—

…사적인 얘기는
싫다는 거겠지.

쏴아—

하지만
미래인에 대한
이야기도
필요해.

왜냐면
개 같은
우기 때문에
인물도 자료도
너무너무
부족하니까.

왜 안 자고
뒤척거려요?

그쪽은요?

밤낮이
바뀌어서요.

정리도
좀 해야 하고.
먼저 자요.

아무것도
안 보이는데
창밖은 왜
계속 봐요?

그냥
습관이에요.

…나라면

추첨됐을 때
연구원
그만뒀을 것
같은데.

잘 작동할지
알 수 없는
타임머신의
첫 테스터가
나라니
위험하잖아요.

카메라 옵스큐라

그쵸,
완전 위험하죠.
사지 멀쩡하게
온 게
기적이에요.

최대 사망,
최소 눈깔 하나는
없어질 각오하고
온 거라고요.

그래도…

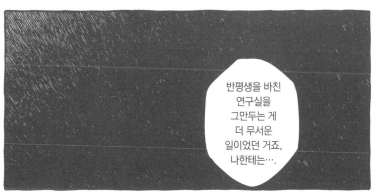

반평생을 바친
연구실을
그만두는 게
더 무서운
일이었던 거죠,
나한테는….

기록에 대하여

손흥민이 영국 런던의 토트넘홋스퍼스타디움에서 열린 2022~2023 프리미어리그 30라운드 브라이턴 앤 호브 앨비언과 경기에서 골을 넣은 뒤 세리머니를 하고 있다.

손흥민, 유럽축구 통산 100골 달성… 시즌 마치고 오늘 귀국

누리호 3차 발사, 높은 정밀도로 성공 완수

전남 고흥 나로우주센터에서 5월 25일 한국형발사체 누리호(KSLV-2)가 세 번째 비행을 성공적으로 마무리했다. 1993년 대한민국 우주프로젝트 발사체 연구를 시작한 지 30년 만에 이뤄낸 쾌거인 것이다. 누리호는 나로우주센터 준공 이듬해인 2010년 개발을 시작하여 1·2차 발사에 성공했다.

B대학 미래과학부, 시간을 이동하는 기술 개발?

지난 26일, 미래과학 분야의 세계적 석학과 기자들이 참여한 가운데, B대학 미래과학부 K교수와 연구진이 NASA와 10년간의 협동 연구를 통해 시간을 이동하는 기술을 개발했다고 발표했다. B대학 미래과학부 소속 연구원 C씨는 본인이 직접 실험에 참여하였으며, 시간이동에 성공한 직접적 증거는 없으나, '아름다운 미래였다.'는 의견을 밝혔다. K교수는 더 명확하고 자세한 정보를 수집하기 위해 올해 안으로 또다시 시간이동을 시도할 예정이며, 더 많은 증거를 수집하여 돌아오겠다고 발표하였으나 학계에서는 다소 신빙성이 떨어지는 이야기 아니냐며 난색을 표하는 이들이 많았다.

지난 20일 ... 자료를 참여한 ... K교수와 연구진이 NASA ... 엔진을 통해 시간을 이동하는 ...
했다고 발표했다.
B대학 미래과학부 소속 연구원 C씨는 본인이 직접 미래과학부에 참여하였으며, 시간이동에 성공한 직접적 증거는 없으나, '아름다운 미래였다.'
는 의견을 밝혔다. K교수는 더 명확하고 자세한 정보를 수집하기 위해 올해 ... 안으로 또다시 시간 이동을 시도할 예정이며, ...
미공개했 ... 안 시간이 오랜다고 발표하였다 ...
... 마스 신빙성이 떨어지는 이야 ...
... 들을 모으는 이들이 많았다.

무사히 돌아갔구나. 다행이다.

밤새 타임머신과 그녀에 대한 후속기사를 찾아봤지만 그런 건 더이상 존재하지 않았다.

돌아가서 어떤 일이 있었는지, 어떤 삶을 살았을지가 궁금했는데.

'아름다운 미래'라….

남은 시간동안 대체 뭘 보고 돌아갔길래?

아름다움이란 사실 너무나 주관적인 개념이 아닌가.

하지만 지금 시대의 풍경이 아름답지 않다는 건 객관적인 사실이다.

아름다운 것들을
최대한 많이
보여주자.

?

그게
내가 할 수 있는
최선이겠지.

개인적으로
가장 좋아하는
자료는
뭔가요?

너무 많은데.
책 중에는
생텍쥐페리의
《야간비행》을
좋아하고요,

다른 건….

좋아해서 자주 들여다보는 곳이에요.

헐 테X라 전기차….

여기선 이것도 유물이구나.

근데 이런 건 2023년에도 넘쳐나게 많다고요.

그럼 이건 어때요?

2085년 미국 네바다주에 추락한….

UFO다!!!

X발
이럴 줄 알았어,
외계인은
실존한다!

하하하

역시
마야문명도
실은 외계인의
흔적인 거죠?!

그건
아니에요….

실망…

또 재밌는 거
보여줄게요.

참 행복해
보이죠?

아니 이런 건
우리 시대에도
많다니까….

좀 더 괜찮은 자료 없나?

저쪽으로 가면 2125년 자료가 있는데….

이건 뭐길래 이렇게 방치해둔 거예요?

사진이랑 다이어리?

미안해요, 이건 안 돼요.

아, 네….

….

카메라 옵스큐라

J 12.5.6

DIARY
2215

DIARY
2213

DIARY
2213

2213년 1월 4일
남아 있는 인류가 이 도시에
모두 모였다.
그나마 이 곳은 아직 자원도
있고 살기에 나쁘지 않은 환경이
라 다행이란 생각이 든다.
그리고 오늘 J가 나에게
인공화분을 선물했다.
여태 J가 선물한 것들 중
단연 최고로 바보같다.

아,
해바라기
얘기.

2213년 2월 10일
빈부격차가 너무 심각하다.
부유한 사람들은 전기, 식수, 식량이
넘쳐나 고급 차량을 타고 위스키를
빈민들은 하루에 한 끼를 해결하기
어려워 길거리에서 마른 빵을 구걸
계속해서 국지적인 쿠데타가 일어
사람들은 정부에서 뭔가 해결책을
내주길 바라고 있다.

2213년 3월 11일
식량 약탈과 폭력사태를 예방하기
위해 무인 수송기를 이용하겠다는
정부의 발표가 나왔다.
이 수송기는 태양열로 전력을
공급하여 거의 무한히 비행한다.
이제부터 한 달에 한 번 슬럼가
중심부에 식량이 투하될 것이다.

DIA
22

2213년 7월 20일
갑작스런 모래폭풍으로
도시가 파괴되고
많은 건물과 사람들이
모래 밑에 묻혔다.
전기도 식수도 모두 끊겼다.
얼마나 많은 사람이 희생된
것인지, 생존자는 얼마나 되는지
파악조차 힘든 상황이다.
구급 인력이 부족해 시민들이
직접 부상자를 병원에 나르고
있지만 병상이 부족해서
병원 주차장과 거리에서
사람들이 죽어가고 있다.

2213년 9월 13일
도시가 완전히 죽었다는 것이 피부로 느껴진다.
생필품은 물론이고 무엇보다 식량이 너무나도 부족하다.
생존자들은 빈민용 수송기에서 떨어지는 식량에 의존하고 있지만
모두가 먹기에는 턱없이 부족하다.
사회의 모든 것이 마비되었는데 수송기만 멀쩡하게 날아다니는
이 상황이 아이러니하다.

2213년 10월 1일
이 도시에서 더는 살아남기 어렵다고 판단한 사람들이
사막 저편에 생존할 수 있는 지역이 있는지 알아보기 위해
탐험대를 구성했다.
요새 안에 갇혀 죽을 날만 기다릴 바에는
목숨을 건 탐험을 택하겠다는 것이다.
탐험대에는 J도 참가하게 되었다.
죽으러 가는 거나 마찬가지라고 말려봤지만
내 말을 들을 것 같지 않다.

카메라 옵스큐라

2214년 4월 8일
탐험대와 연락이 두절됐다.

2214년 5월 2일
거대한 모래폭풍이 다시 도시를 덮쳤다.
아직 폭풍의 여파가 남아 있어
건물 밖으로 나갈 수가 없다.
살아남은 사람이 몇이나 될지 모르겠다.

2214년 5월 7일
그 어디에서도 누구의 생존 반응도 확인되지 않는다.
나 혼자 살아남은 것 같다.

이별에 대하여

J가 마지막으로
집을 나서던
순간을
기억한다.

사막 횡단에
필요한 물품을
하나하나
챙기던 모습

건조된
전투식량,
식수

그리고
응급처치에
필요한 것들

이걸로
얼마나
버틸 수
있을까?

몇 달,
아니 몇 주,
몇 일이나….

상황이
낙관적이지
않다는 것은
본인이
가장 잘
알고 있다.

그래도
내색은 하지
않는다.

'무사히
돌아올
테니까
걱정하지마.'

내가
보고 싶어지면

밤하늘을
보고
있으면 돼.

돌아오는
길에
조명탄을
쏘아 올릴
거니까.

밤하늘은 내내 어두웠다, 밝게 빛나는 일 없이.

혼자 남은 지 5년이 지나던 시점에 박물관의 보관 물품이던 리볼버를 꺼내왔다.

지나치게 외롭거나 고통스럽지 않은 때에

존엄하게 죽을 권리는 내게도 있었다.

이래도
돼요?

내 맘이에요.

모르는 편이
행복한
사실들도
세상에는
잔뜩 있죠….

이렇게
천천히
말라죽는 멸망을
알게 될 바엔….

비가 그쳤네요.
당신이
돌아갈 때는
맑겠어요.

아~!!
난 항상
이렇다니까!!!

여행 가면 항상
돌아가는 날이
되어서야
맑아진다니까.

오늘도
안 잘 거예요?

모처럼
맑으니까
별을 봐야죠.

…내일이면
돌아가는
군요.

돌아가면
뭘 제일
하고 싶어요?

…음
라면 먹고
싶어요.

튀겼다가 말린 면을
매운 국물에
끓여 먹는 요리인데,
진짜 맛있어요.

카메라 옵스큐라

아, 침 고여.

하하

…저기요.

내가
돌아가고 나면
죽을 건가요?

'아름다운 미래'라….
남은 시간동안
대체 뭘 보고
돌아갔길래?

의문은
의외로
쉽게 풀렸다.

언론에
밝히진 않았으나
연구원 C가
시간여행 이후
주변인들에게
항상 하던
이야기가 있다고
전해진다.

'모든
불확실성은
아름답다.'

'그러니
어떤 상황에서도
희망을
잃지 말 것.'

Camera Obscura 마침

Q & A

Q 미래로의 시간여행을 다룬 이야기들은 대개 여러 종류의 '황폐함'과 마주하게 된다고 생각합니다. 그 황폐함은 현재에 기원을 둔 경우가 많고요. 작품의 제목인 '카메라 옵스큐라'처럼, 현 시대에 내재해 있는 황폐함의 씨앗들이 아주 작은 구멍들을 통해 미래의 "극단적인" 현실로 나타나게 되는 거죠. 현재 우리가 속한 세계의 황폐함에 관해, 혹은 우리의 미래가 보여줄 황폐함에 관해 작가님의 생각을 들려주시면 좋겠습니다.

21세기 들어 그 어느 때보다 불안정한 시기로 접어들었다는 느낌입니다. 2023년 11월 아르헨티나에서는 극우파 하비에르 밀레이가 대통령으로 당선됐고, 네덜란드 총선에서는 극우 정당 자유당이 승리했으며, 2024년 2월 엘살바도르에선 독재자 부켈레 대통령이 연임에 성공했습니다. 스페인 카탈루냐는 사상 최악의 가뭄으로 비상사태를 선포했고, 남미 대륙 북부는 기록적인 폭우, 남부에선 수도꼭지에서 소금물이 나올 정도의 물 부족 사태가 일어나는 등, 이상기후 현상으로 전 세계가 몸살을 앓고 있습니다. 세계적 우경화, 크고 작은 분쟁(이스라엘-하마스, 러시아-우크라이나 등), 기후위기 같은 부정적인 톤의 뉴스들이 매일매일 쏟아지는 것을 보면서 '인류 멸망에 대한 만화를 그려야겠다' 생각하고, 실제로 구상을 점점 구체화하고 있는 와중에 편집자님으로부터 라임 앤 리즌의 원고를 청탁받게 되었습니다. 사실 말이 인류 멸망이지, 제 머릿속에서는 항상 멸망하기 직전에 주인공이 인류를 구하는 형태로 이야기가 전개되었기 때문에 '디스토피아'가 이뤄진 적은 없었습니다. 그래서 이 원고는 제 생각보다 더 까다롭고 어려운 작업이 되었습니다. '카메라 옵스큐라'라는 제목은 1992년 발표된 쿠스모토 마키의 단편 만화 〈카메라 옵스큐라〉에서 차용하였습니다. 쿠스모토 마키의 〈카메라 옵스큐라〉에서 보이는 불안하고 위태로운 세기말적 기조, 사각형 방 안에서 서로 비밀을 가진 채 자기파괴적으로 행동하는 캐릭터들을 생각하며 완전히 새로운 형태의 만화를 그렸습니다. 원고를 작업하던 2023년은 제 안에서 기후위기에 대한 문제의식이 가장 컸던 때였어요. 세계 한쪽에서는 가뭄이, 또 다른 쪽에서는 홍수가, 그리고 다른 곳에서는 산불이 크게 번지는 등, 황폐화가 현재진행형으로 진행되고 있구나 생각했습니다. 그리고 그런 생각들이 〈카메라 옵스큐라〉의 세계관에도 많이 투영되었던 것 같아요.

Q **디지털이 무용화되고 물리적인 장치만이 남아 그것을 '인류의 유산이자 발자취'로 보존한다는 설정이 재미있었습니다. 2200년대의 인물이 여전히 다이어리로 일기를 쓸 수밖에 없다는 사실도요. 점차 심화되는 디지털화의 반면이자 거울상으로서, 아날로그의 가치는 언제까지 존속할 수 있을까요?**

디지털 시대도 플로피 디스크와 CD의 시대, 외장하드와 USB의 시대를 지나 현재는 클라우드 저장을 하는 시대로 점점 발전해왔어요. 손으로 만질 수 있는 저장매체를 지나 무형의 형태로 저장하는 시대가 되었습니다. 이제는 플로피 디스크를 읽을 장치가 없어져서 거기에 저장했던 파일들은 무용지물이 되었지요. 당시에는 생각도 못했던 일이었습니다. 이제는 PC에 CD 리더기가 달려 있지 않아서 따로 구비해야만 하는 경우도 많아졌고요. 더 나아가서는 개인 PC의 시대도 막을 내리게 될 것이라는 전문가들의 의견이 나오는 것을 보면, 디지털 시대가 발전하면 발전할수록 오히려 형태의 변동성이 적은 아날로그의 가치가 더 빛나게 되리라 생각합니다. 아날로그의 가치에 대해 설명할 때 가장 많이 이야기하게 되는 것이 바로 '종이'와 '책'인데요, 종이와 책은 처음 발명된 이후 한 번도 종말을 맞이한 적 없는 가장 오래된 미디어라는 것을 말하고 싶습니다. 현대 사회에서 종이와 책의 역할이 다소 약해진 것은 사실이지만, 역사적으로 이 둘의 힘이 약해진 적은 있어도 완전히 소멸한 적은 없었어요. 일본의 디자이너 하라 켄야는 디지털 시대에서의 책과 종이에 대해 "미디어의 주역에서 내려와 실무적인 임무에서 해방된 덕분에 다시 본래의 물질로서 매력적으로 행동할 수 있게 되었다"라고 말했습니다. 최근 책이 '소장용'으로 명맥을 이어가면서 대부분의 출판사가 디자인에 힘을 기울이고 있다는 점에서 무척 재미있는 표현이라 생각해요. 아날로그의 가치 존속에 대한 저의 대답은 '약해질지언정 인류가 존재하는 한 영원하고 불멸하다'입니다. 책이 활자가 아닌 텍스트로 더 많이 읽히는 시대에, 이 책이 나오게 된 것도 어쩌면 아날로그의 가치를 방증하는 일이 아닐까 생각합니다.

Q '모든 불확실성은 아름답다'는 마지막 컷의 문장이 오래 기억에 남았는데요, 사실 우리의 기억을 포함해 많은 것들이 불확실성의 범주 안에 있는 것 같습니다. 다만 그 불확실성이 '희망'을 가진 것이라는 점이 따뜻하게 여겨지는데요. 박물관에 걸려 있던 사진 속 사람들의 미소처럼 혹은 오래된 어둠 속의 조명탄처럼, 우리가 '아름다운 미래'를 꿈꿀 수 있는 일말의 희망이 있다면 그것은 어디에 있을지, 작가님만의 추억이나 방법론이 있다면 알려주세요.

사실 저는 몹시 비관적이고 반골 기질이 있어 모든 것을 비판적으로 판단하고 반항하는 편이라 행복, 평화, 희망과는 거리가 먼 삶을 살고 있는데요, 이런 기질적 특성 때문에 희망을 성역화하고, 찬양하고, 집착하게 되는 것 같습니다. 일상적 희망에 대해 이야기하는 것에는 굉장히 무지해서 오히려 다른 분들의 희망에 대한 추억과 방법론을 배우고 싶어요.

◆